二ノ丸くんが調査中

石川宏千花 作
うぐいす祥子 絵

偕成社

もくじ

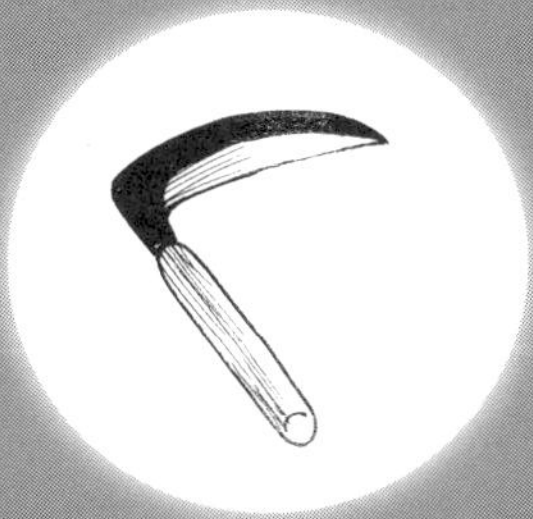

装丁　中嶋香織

記憶《きおく》をなくせるトンネル

小泉今日太《こいずみきょうた》には、ちょっと変《か》わった友だちがいる。

なんていうか、ふつうの小五男子っぽくないのだ。

まず、今日太のことを、みんなのようにきょん太《た》と呼《よ》ばないところからして、変わっている。同じクラスの男子も、ほかのクラスの男子も、それどころか、女子だって今日太のことは、きょん太くんと呼ぶ。

今日太のことを、小泉《こいずみ》くん、と呼ぶのは、切《き》り通《どお》し小学校の五年生のなかでは、その風変《ふうが》わりな友だち、二ノ丸《にのまる》くんだけなのだ。

二ノ丸くんの変わったところは、ほかにもある。名前だ。瞑、と書いて、めい、と読むらしい。もっとめずらしい漢字《かんじ》だったり、もっとインパクトのある読み方の子もいないわけではないけれど、はじめて二ノ丸くんの下の名前を知ったとき、今日太は、変わった名前だなあ、と思った。

漢字そのものもめずらしかったし、男なのに、めい、というのも、今日太にとっては、二ノ丸くんって変わってんなあ、という感想《かんそう》につながったのだ。

ちなみに、今日太《きょうた》はたいして仲《なか》のよくないクラスメイトでも、ほとんど全員、名字《みょうじ》か名前を呼《よ》びすてにしている。

くんづけで呼ぶのは、上級生《じょうきゅうせい》をのぞけば二ノ丸《にのまる》くんだけだ。

なぜかといえば、二ノ丸くんを呼びすてにしようとすると、体がむずがゆくなるからだった。

そんなところもふくめて、今日太にとって二ノ丸くんは、ほかのクラスメイトたちとはなにかがちがう。

そもそも、と今日太は思った。口調《くちょう》がおかしいんだよなあ、二ノ丸くんって。

自分《じぶん》のこと、ぼくっていうし。

オレのこと、きみっていうし。

女子のこと、女性《じょせい》っていうし。

先生のことは、あの人っていうし。

いっしょに暮《く》らしてるおじいちゃんのことも、たしか、あの人っていってる気がするし。

とにかく、二ノ丸《にのまる》くんは今日太《きょうた》にとって、ほかの友だちとはちょっとちがう友だち、で確定《かくてい》だった。

「……なんなの、さっきから」

その二ノ丸くんが、くる、と顔を横に向けて、今日太のほうを見た。

「人の顔、無言《むごん》でじっと見るの、やめてくれる？」

「見てた？」

「見てた」

無意識《むいしき》だ。

なんとなく見ちゃうんだよなあ、二ノ丸くんって、と思いながら、黒板に視線《しせん》をもどす。

授業中《じゅぎょうちゅう》だということを、すっかりわすれていた。

担任《たんにん》のほなちゃん先生が、おしゃれとは無縁《むえん》なジャージの背中《せなか》をゆらしながら、なにやら一生懸命《いっしょうけんめい》、黒板に図を描《か》いている。

台形がななめにつぶれたような形のヤツを三分割《さんぶんかつ》して、三つになった三角形のうちのひとつの面積《めんせき》をもとめる、みたいな、なんかそんな感じのやつだ。

描《か》きおわったらきっと、ほなちゃん先生はいう。『ほな、だれかやってみよかー』って。

だって、ほなちゃん先生というあだ名の由来《ゆらい》は、関西出身《かんさいしゅっしん》のほなちゃん先生がよくいう、『ほな』からきているんだから。

「ほな、だれかやってみよかー」

ほら、いった！

と思っていたら、

「よし、きょん太《た》。いま、オレと目ェあったな。やってみよか」

当《あ》てられた。

最悪《さいあく》だ……と思いながら、となりの席《せき》の二ノ丸《にのまる》くんをちらっと見る。

二ノ丸くんは無反応《むはんのう》だ。

助《たす》けてくれる気はないらしい。

しぶしぶ黒板の前に立った今日太《きょうた》は、まったくわかりません、と書いて、ほなちゃん先生に思いきり、「わからん、書くやつがおるかー！」と怒《おこ》られた。

放課後《ほうかご》。

今日太《きょうた》はもてもてだ。

「きょんちゃん、うちこない？」

「運動公園いこうよ！」

「《どんまい屋《や》》いこう、《どんまい屋》！」

ちなみに《どんまい屋》というのは、通学路《つうがくろ》の途中《とちゅう》にある駄菓子屋《だがしや》のことだ。

ひからびた河童《かっぱ》のようなおじいちゃんがひとりでやっているお店で、放課後になると切《き》り通《どお》し小学校の子どもたちはもちろん、同じ学区内にある切り通し第二中学校の生徒《せいと》たちまで、わらわらと集まってくる。

どのお誘《さそ》いにもちょっとずつ気は引かれたものの、今日太はきょうも、二ノ丸《にのまる》くんを選《えら》んでしまった。

ランドセルをしょって、ひとり静《しず》かに教室を出ていこうとしていた二ノ丸くんのあとを追《お》いかけていって、ひょいっとそのとなりにならぶ。

「……またいっしょに帰る気？」

二《に》ノ丸《のまる》くんが、なんだかちょっとあきれたような顔をして、今日太《きょうた》のほうをちらりと見る。今日太もくるっと顔を横に向けて、二ノ丸くんと目をあわせた。

「帰るよ！」

「きみさ、仲《なか》がいい子ならたくさんいるのに、どうしてわざわざぼくにかかわってこようとするの？」

「どうしてって、そんなの二ノ丸くんが気になるからに決まってるじゃん」

単純明快《たんじゅんめいかい》な今日太の返事《へんじ》に、それでもまだ、二ノ丸くんは納得《なっとく》がいっていない様子《ようす》だ。

「きみと同じクラスになるまで、ぼくはいつも、ひとりだったんだよね」

「ふうん？」

「それなのに、五年生になってからはずっと、きみにつきまとわれてる」

「つきまとわれてるって！　言い方、言い方！」

今日太のつっこみも、二ノ丸くんはさらっと無視《むし》する。そして、はあ、とため息をつくのだった。

「正直《しょうじき》いって、迷惑《めいわく》だ……」

その容赦《ようしゃ》のない拒絶《きょぜつ》の言葉に、今日太《きょうた》はぞくぞくしてしまう。

こんなふうにはっきり、自分が思っていることを相手《あいて》にいえるやつ、そうはいない。

やっぱり二ノ丸《にのまる》くんはひと味《あじ》ちがう。

うんうん、とひとり満足《まんぞく》げにうなずいている今日太に、二ノ丸くんはまだなにかいいたそうにしていたけれど、結局《けっきょく》はなにもいわず、大きなため息をもうひとつ、ついただけだった。

二ノ丸くんが不意《ふい》に足をとめたのは、歩道橋《ほどうきょう》をわたっていたときだった。

歩道橋のはしっこに、今日太たちと同じ歳《とし》くらいの女の子がいた。

今日太たちがかよっている切《き》り通《どお》し小学校の子ではない。制服《せいふく》を着ている。

足をとめた二ノ丸くんは、女の子をじっと見つめていた。

「知りあい？」

今日太《きょうた》がそうきくと、二ノ丸《にのまる》くんは、知りあいじゃない、と首を横にふった。

「じゃあ、なんで見てんの？」

今度《こんど》の問いかけには、答えてくれない。

無言《むごん》のまま、歩きだしてしまう。

あいかわらず、二ノ丸くんは意味不明《いみふめい》でおもしろいなあ、と思いながら、今日太もいっしょに歩きだす。

すぐそばを通りすぎたとき、女の子がちらりと今日太たちのほうを見たけれど、すぐにそっぽを向いてしまった。

たしかに、二ノ丸くんの知りあいではなさそうだ。

二ノ丸くんも、まっすぐ前を向いたままだった。

○●○

学校いくの、いやだなあ……。

松田《まつだ》リナは、大きくため息をつきながら、歩道橋《ほどうきょう》の下をのぞきこんだ。

大きな国道《こくどう》なので、切《き》れまなく、車が走っている。

一週間ほど前、リナは、同じクラスの長谷川《はせがわ》さんによけいなことをいってしまった。

長谷川さんが学校にもってきていたペンケースが、ママのもっているブランドもののペンケースによく似《に》ていたから、それって□□のだよね？　ときいてみたのだ。

長谷川さんはちょっと怒《おこ》ったように、「ちがうよ、これは△△で買ったんだもん」と答えた。

すると、ほかの女の子が、「えーっ、これ、□□のじゃないの？」とひどくおどろいたようにいって、そのとたん、長谷川さんの顔色《かおいろ》が、さっと変《か》わった。

気がついたのだ。

自分《じぶん》がもっていたペンケースは、有名《ゆうめい》なブランドをまねして作られたニセモノだったということに。

同時に、リナも気がついた。

自分《じぶん》は、みんなの前でいってはいけないことをいってしまったのだと。

もし、ニセモノをもっていたのがリナのほうだったら、まちがいなくリナが笑《わら》い者《もの》にされていた。

だけど、長谷川《はせがわ》さんだとそうはならない。

長谷川さんは、クラスのなかでも人気者《にんきもの》が集まっているグループの人だからだ。もちろん、長谷川さん自身《じしん》も人気があるし、影響力《えいきょうりょく》もある。

リナは、その長谷川さんに恥《はじ》をかかせてしまったのだ。

翌日《よくじつ》から、あからさまな無視《むし》がはじまった。

長谷川さんたちのグループだけではない。リナがいつもいっしょにいたなかよしグループのみんなも、まったく近よってきてくれなくなった。

悪《わる》い夢《ゆめ》でも見ているようだった。

たった一日で、なにもかもが変《か》わってしまったのだ。

目立《めだ》つ女の子に憧《あこが》れながら、なかなかそうはなれなくて、でも、仲間内《なかまうち》ではおもしろい子だと思われていたリナ。そんなリナは、もういない。休み時間もひとり。下校のときもひとり。いつでもひとりぼっちの女の子だ。

だれも話しかけてくれないし、無視《むし》されるのがこわくて、リナのほうからも話しかけられない。

このまま五年生が終《お》わるまでがまんしなくちゃいけないの？

考えただけで、ぞっとなる。

「はー……やだなあ」

通学途中《つうがくとちゅう》の歩道橋《ほどうきょう》で足をとめたまま、リナは何度目《なんどめ》かの大きなため息をついた。

この歩道橋をおりたら、バス停《てい》はもう目の前だ。バスに乗るのは十分くらいなので、学校にはすぐついてしまう。

いきたくない、でも、いかなくちゃ、と気持ちをゆらしているうちに、リナは、あるうわさのことを思いだした。

この歩道橋をおりた先に、大きな運動公園がある。その向こう側《がわ》に、古ぼけたトンネルがあるのだ。トンネルの先は、土がむきだしのほそい道につながっているのだけど、大きな畑とその畑の持《も》ち主《ぬし》のおうちしかないエリアなので、利用者《りようしゃ》はほとんどいない。

そのトンネルに、うわさがある。

わすれたい、と思っていることを頭に思いうかべながら、目をつぶって、うしろ向きにトンネルを通りぬけると、きれいさっぱりわすれることができる——。

つまり、そのトンネルは、なくしたい記憶《きおく》をなくすことができるトンネルだとうわさされているのだった。

いわゆる都市伝説《としでんせつ》というやつだ。

同じ幼稚園《ようちえん》にかよっていた女の子と、たまたま近くのスーパーで顔をあわせたときに、リナはその話をきいた。

ふざけて試《ため》してみたけれど、途中《とちゅう》で目をあけてしまったり、わすれたい、と思うのをわすれて歩いてしまったりして、本当かうそかの実証《じっしょう》はできなかった、といっていたので、信憑性《しんぴょうせい》はかなり低い。

そんなの、ただの都市伝説に決まってるよ、と思う一方で、リナの気持ちは急速《きゅうそく》にかたむいていく。

「だめもとで、試してみようかな……」

この一週間のつらい思い出を、わすれてしまいたかった。

そうすれば、学校にいくのがいやじゃなくなるかも……。


目をつぶってうしろ向きに歩くのは、思った以上《いじょう》にたいへんなことだった。何度《なんど》も壁《かべ》に体をぶつけたり、目をあけそうになってしまう。

それでも、リナはやりとおした。

目をつぶったまま、反対側《はんたいがわ》の出口から出ることに成功《せいこう》したのだ。

「……あれ？」

明るい道にぽつんとたたずみながら、リナは考えこんだ。いったい自分はなにをわすれようとしていたんだっけ、と。

すっかりわすれている。

わすれたかったことがなんだったのか、わすれてしまったのだ。

どんなにがんばって思いだそうとしても、思いだすことができない。

リナは、首をかしげかしげしながら、いま出てきたトンネルにもどっていくと、そのまま学校へと向かった。

「おはよう！」

リナが元気よくあいさつをすると、なぜだかクラスのみんなが、ちょっと不思議《ふしぎ》そうな顔をした。

なんだろう？　と思いながら、たいして気にすることなく、自分の席《せき》へと向かう。

となりの席の江藤《えとう》さんが、ひそめた声で話しかけてきた。

「どうしたの？　長谷川《はせがわ》さんたちに許《ゆる》してもらったの？」

リナには、なんのことだかわからなかった。

「なにを？」

「なにをって……」

江藤さんが、言葉につまっている。

そこに、長谷川《はせがわ》さんたちがやってきた。

リナの席《せき》をとりかこむようにしながら、集まってくる。

「おはよう！」

リナは、長谷川さんたちにも明るくあいさつをした。

長谷川さんたちは、ちょっとおどろいたような顔をしながら、目くばせしあっている。

「きょうの体育って、体育館だったよね」

だれにということもなく、リナがそう話しかけると、すぐには返事《へんじ》がなかった。

「あれっ？　ちがった？　そとだっけ」

さらにリナがそうつづけると、長谷川さんが、「体育館だよ」と答えてくれた。

「そうだよね！　よかった。きょう、運動靴《うんどうぐつ》わすれてきちゃって」

長谷川さんたちは、しきりにおたがいの顔を見あわせながら、ぱらぱらとリナの席からはなれていった。

休み時間。

今度《こんど》はいつものなかよしグループが、リナの席のまわりに集まってきた。

「朝のリナ、かっこよかった！　堂々《どうどう》としてて」

「長谷川《はせがわ》さんたち、しゅんとしちゃってたよ」

「これでもう、だいじょうぶになるね、きっと」

なにをいわれているのか、よくわからなかった。

それでも、みんながしきりにほめてくれたので、リナは、えへへ、と笑《わら》って、「そう？」と調子《ちょうし》をあわせておいた。


リナは、四年生のころから一日も欠《か》かさず日記《にっき》をつけている。

とりだした日記帳《にっきちょう》を、なんの気なしに読みかえしているうちに、リナはようやく、自分があのトンネルでなにをわすれたのか、思いだした。

長谷川《はせがわ》さんに恥《はじ》をかかせてしまったことではじまった、ひとりぼっちの毎日。

リナは、だれにも口をきいてもらえなくなってしまったこの一週間の記憶《きおく》を、あのトンネルで消したのだった。

「そっか、自分《じぶん》がみんなに無視《むし》されてることをわすれちゃってたから……」

だから、明るくみんなに、『おはよう！』と声をかけることができた。長谷川《はせがわ》さんたちにも、ごくふつうに話しかけることができたのだ。

たったそれだけで、リナの日常《にちじょう》は、またしても一変《いっぺん》した。

だって、きょうはだれにも無視《むし》なんてされなかったし、休み時間はいつものなかよしグループとずっといっしょだった。下校のときだって、そうだ。

いやなことをわすれたい、と思っただけだったのに、そのおかげで、あんなに逃《に》げだしたかったひとりぼっちの毎日から、するっとぬけだすことができてしまったのだ。

「すごい……いやなことなんか、こうやってすぐにわすれちゃえばいいんだ」

リナは、読みかえしていた一週間分の日記《にっき》を、思いきってやぶってしまった。くしゃくしゃに丸めて、ゴミ箱《ばこ》にすてる。

これでもう、ひとりぼっちだった一週間の記憶《きおく》は、完全《かんぜん》になくなる——そう思ったら、心からほっとした。

自分のなかから、いやな記憶がなくなるのって、なんて素敵《すてき》なことなんだろう。

リナは鼻歌《はなうた》を歌いながら、楽しかったきょうの日記《にっき》を書きはじめた。


日曜日の夕方。

リナは、泣《な》きながら家を飛《と》びだした。

いつもはやさしいパパに、ひどくしかられたからだ。

悪《わる》いことをした、と思ってはいた。

子どもたちだけで勝手《かって》にいっちゃいけないといわれていたショッピングモールに、ママにないしょで遊びにいったのだから。

でも、いってみたかった。

それに、友だちからの誘《さそ》いはできるだけことわりたくない。どうしてもいきたいときは、ちゃんとママにいってねっていわれていたけれど、それでもし、だめっていわれたら、遊びにいけなくなってしまう。

夕方、早い時間にちょっとだけなら――。

そう思って、こっそり遊びにいったのを、近所《きんじょ》のおばさんに見られてしまっていたらしい。

「リナ、ちょっとそこにすわりなさい」

そういわれたときから、いやな予感《よかん》はしていた。

リビングダイニングの椅子《いす》にリナと向かいあってすわったパパは、にこりとも笑《わら》わずに、「パパにいわなくちゃいけないことはないか?」ときいてきた。リナは反射的《はんしゃてき》に、「ないよ」と答えてしまう。

パパは二度、たしかめた。「本当に?」「ぜったいに?」って。

リナは二度とも、「本当だよ」「本当だってば」と答えた。

三度、うそをついたことになる。

パパは、そうか、とため息をついたあと、いきなり、テーブルをどんっ、とたたいた。

「リナがないしょでショッピングモールにいったっていう話をきいたとき、パパ、すごくショックだった。でもね、リナがちゃんとごめんなさいっていったら、今回だけは許《ゆる》すつもりだった。それなのに、リナはパパにうそをついた。パパは、うそだけは許せない」

パパは、とてもこわい顔をしていた。

その顔を見て、リナは、自分がとんでもないことをしてしまった、ということに、ようやく気づくことができた。

ショッピングモールにちょっと遊びにいくくらい、たいしたことじゃない。そう思って、かるい気持ちでないしょにしてしまった。

それがばれそうになって、本当のことをいうチャンスをもらったのに、さらにうそをついた。

人にうそはつかないこと。とくに、パパとママにはぜったいにうそをつかないこと。

それは、小さいころからずっといわれてきたことだった。

パパにうそをつく。

それがどんなにだめなことか、わかっていたはずなのに……。

リナの前にすわっていたパパは、無言《むごん》のまま椅子《いす》から立ちあがると、そのまま寝室《しんしつ》にいってしまった。

「ごめんなさい、パパ！」

あわててドアをノックしにいっても、返事《へんじ》がない。

とりかえしのつかないことをしたんだ、という思いで、胸《むね》が苦《くる》しくなってくる。

リナは泣《な》きじゃくりながら、キッチンにいたママのところへいった。

「ママ、どうしよう……」

ママは、リナのほうを見ないままいった。

「ママのところにきてもだめだよ、リナ」

「……え？」

「だってママも、パパとまったく同じ気持ちなんだもん」

切りおえたネギを、まな板《いた》の上から大きなお皿《さら》に移動《いどう》させながら、ママがやっとリナを見る。

その目は、ひどく冷《ひ》ややかだった。

「どうしてちゃんとショッピングモールに遊びにいきたいっていってくれなかったの？遊びにいくのがだめなんじゃないの。ないしょでいくのがだめっていったんだよ、ママたちは。もう……ママ、すごく悲《かな》しい。どうしてリナは、うそなんかつく子になっちゃったんだろう……」

目の前が、まっ暗《くら》になった。

自分《じぶん》は本当に、なんてことをしてしまったんだろう、と思う。

きょうは、すき焼《や》きのはずだったのに。

パパの大好《だいす》きなすき焼きを、みんなで食べるはずだったのに……。

楽しい日曜日の夜を、台《だい》なしにしてしまった。

泣《な》きながらリビングを出たリナは、そのまま玄関《げんかん》に向かった。そのときは、あのトンネルのことなんてすっかりわすれていたのだけれど——。

とまらない涙《なみだ》で、着ていたシャツの胸《むな》もとまでぬれているのに気がついたとき、これ以上《いじょう》、この苦《くる》しい気持ちでいることには耐《た》えられない、と思った。

わすれてしまおう。

みんなでショッピングモールにいったことも。ママにそれをないしょにしたことも。

せっかくパパが、本当のことをいうチャンスをくれたのに、さらにうそをついてしまったことも。

なにもかもわすれて楽《らく》になろう。

そう決意《けつい》したリナは、あのトンネルに向かって走りだした。


夕方のトンネルは、なかがまっ暗《くら》で、なんだかひどくおそろしく感じる。

それでもリナは、トンネルに背中《せなか》を向けると、目をとじようとした。

「ねえ、きみ」

声がきこえてきたのは、リナの目がとじるその寸前《すんぜん》のことだった。

きいたことのない声。

男の子の声だった。

とじかけだった目をあけて、きょろきょろとあたりを見まわす。

「このトンネルの都市伝説《としでんせつ》はたしか、わすれたいことを思いうかべながら、目をとじて、うしろ向きにトンネルを通りぬければ、わすれたいことをわすれることができる——

だったよね」

声は、少しこだましていた。

あわててトンネルのほうをふりかえると、暗闇《くらやみ》のなかから、男の子が出てきた。ゆっくりと、リナのほうに近づいてくる。

えり足はすっきりしているのに、前髪《まえがみ》は長めで、量《りょう》も多い。その厚《あつ》めの前髪の下から、速く飛《と》べる大型《おおがた》の鳥のような目が、リナをまっすぐに見ていた。

白いえりつきのシャツに、色《いろ》おちしていないジーンズ。ごてごてした飾《かざ》りのないシンプルな黒いスニーカーをあわせている。とてもおとなっぽいかっこうだ。

「だれ？」

リナがそうたずねると、男の子は、「都市伝説《としでんせつ》を調べてるんだ」と答えた。

リナの質問《しつもん》の答えにはなっていない。

「きみ、二度目だよね？　ここにくるの」

今度《こんど》は、男の子のほうからたずねられた。

リナは、ぎょっとなる。

どうして知ってるんだろう、と。

「たまたま見かけたんだ。きみがこのトンネルから、うしろ向きに出てくるところを」

男の子が、はじめてちょっとだけ、笑《わら》った。

「調査中《ちょうさちゅう》だったものだから」

だまっていると、タカとかハヤブサとか、そんな感じがするのに、笑うと急にかわいくなる。じょうずに目があけられない子猫《こねこ》のような顔になった。

「どうやら、《記憶《きおく》をなくせるトンネル》は黒丸《くろまる》でまちがいないようだね」

「黒丸って、なに？」

「ホンモノってこと。ニセモノだったときは、白丸《しろまる》」

また、笑った。

笑っていないときと、笑ったときの顔が別人《べつじん》のようだ。

リナの目は、正体不明《しょうたいふめい》な男の子にくぎづけになった。

「わたし……吉田《よしだ》リナっていうの」

自分《じぶん》のほうから、名のってみた。そうすれば、さすがに名前を教えてくれるだろうと思ったからだ。

「二《に》ノ《の》丸《まる》といいます」

男の子は名字《みょうじ》だけをいいながら、リナのすぐそばまで近づいてきた。

「きいてもいいかな。このあいだ、きみはここでなにをわすれたの？」

リナは、日記《にっき》を読んだことを後悔《こうかい》していた。せっかくわすれたのに、日記を読みかえしたことで、自分《じぶん》の身になにがあったのか知ってしまったからだ。

記憶《きおく》はないのに、消した記憶の内容《ないよう》はわかっている。そんなおかしな状態《じょうたい》になってしまっている。

リナは、ひとりぼっちだった一週間のことを、二ノ丸くんに知られるのが恥《は》ずかしかった。

だから、いいよどんだ。

二ノ丸くんはそれを見のがさない。

「わかるよ、人にいいたくないようなことだから、わすれたんだよね。でも、ぼくはきみからきいたことを笑《わら》ったりしないし、おもしろがったりもしない。もちろん、いいふらしたりなんかもしない。ただ、参考《さんこう》にしたいだけなんだ」

「参考……」

「いったでしょ。ぼくは、都市伝説《としでんせつ》の調査中《ちょうさちゅう》なんだ」

どうしてそんなことをしているのか、ひどく不思議《ふしぎ》だったけれど、きいても教えてくれないような気がしたので、リナはだまったままでいた。

それより、二ノ丸《にのまる》くんの調査の手助《てだす》けがしたい、と思った。

自分が話すことで、なにかの役《やく》に立《た》つのなら。そう思ったのだ。

「ちょっとしたことで、わたし、学校でひとりぼっちになってしまって……そのあいだの記憶《きおく》を、消したの」

「ふうん。消して、なにか変《か》わったことはおきた？」

「みんなに無視《むし》されてることをわすれて学校にいったものだから、わたし、すっかり前みたいにふつうにふるまっちゃったの。そうしたら、無視もされなくなったし、仲《なか》よかった子たちも、もどってきてくれたの！」

話しているうちに、興奮《こうふん》してきてしまった。

二ノ丸《にのまる》くんは、神妙《しんみょう》な顔をしてきいている。

「そう。いい作用《さよう》をおこしたわけだ。で、今度《こんど》はなにをわすれにきたの？」

リナは、きょうのことも正直《しょうじき》に話した。

ママとパパにないしょで、こっそりショッピングモールに遊びにいったことも、それをかくそうとしてうそをかさねたことも。

だから、ショッピングモールに遊びにいった日から、パパにそれを知られてしまったきょうまでの記憶《きおく》を、丸《まる》ごと消そうと思っていることも、つつみかくさず話してしまう。

そこまできいて、二ノ丸くんの表情《ひょうじょう》が変《か》わった。タカやハヤブサを思わせる目つきに、もどっている。

「やめたほうがいい」

「えっ？」

「その記憶は、消さないほうがいいと思う」

「どうして？」

「きみにとって、大切《たいせつ》な記憶になると思うから」

「でも……」

いやな記憶《きおく》は、消してしまったほうがいい。

リナは、そう思っている。

だって、そのおかげでリナは、ひとりぼっちから脱《だっ》することができたのだから。

いやなことはさっさとわすれて、いつもどおりにふるまっていれば、まわりが変《か》わってくれる。

つらい思いをしなくてすむようになるのだ。

「たしかに、学校できみを無視《むし》してた子たちは、いやな記憶《きおく》を消してふつうにふるまえるようになったきみにただならぬものを感じて、いちもくおくようになったんだと思う。記憶を消したことで、いい方向《ほうこう》に作用《さよう》したんだね」

「そう！　そうなの。いやなことをわすれられたおかげで、いい方向に向かったの！」

「ぼくも、いやなことはさっさとわすれたほうがいいと思う。それは、否定《ひてい》しないよ。でも、記憶って自分《じぶん》のなかで少しずつわすれていくものでしょ。手品《てじな》のように、ぱっと消してしまえるようなものじゃない」

「でも、わたしはいますぐわすれたいの。おぼえていると、苦《くる》しいから……」

「苦しいのは、苦しみながらわすれることにも、なにか意味があるからなんじゃないのかな」

二ノ丸《にのまる》くんのいうことは、わからないでもなかった。

わすれたい記憶《きおく》を、手品《てじな》のようにぱっと消す。

それがどこか不自然《ふしぜん》だということは、とてもよくわかるからだ。

だけど、消したい。

パパのあの怒《おこ》った顔。ママの冷《ひ》ややかなまなざし。わすれたい。もう、思いだしたくない。自分《じぶん》がしてしまった、とりかえしのつかないこともぜんぶ。

「一度だけにしておいたほうがいい」

二ノ丸くんが、かさねてリナに忠告《ちゅうこく》してくる。

リナはもう、どうしていいかわからなくなっていた。

二ノ丸くんのいうことを無視《むし》したくはないけれど、このままおうちに帰りたくもない。

なにもかもわすれてから、帰りたかった。

じつは、といいながら、二ノ丸《にのまる》くんが足もとに視線《しせん》をおとす。

「どうもこの都市伝説《としでんせつ》には、伝《つた》えわすれがあるようなんだ」

「伝えわすれ？」

「都市伝説には、むかしながらの言いつたえ、いわゆる伝承《でんしょう》というものが、形を変《か》えながら現代《げんだい》にまで残りつづけているものも少なくない。なかには、伝えわすれられていることがある場合もあってね」

「それが、伝えわすれ？」

「そう。伝えわすれのせいで、あまり知られていないけれど、この《記憶《きおく》をなくせるトンネル》にはこんな説《せつ》もあるんだ。このトンネルでくりかえし記憶を消すと、人が変わってしまうって」

「人が……変わってしまう……」

「なくした記憶が作るはずだったその人の本当の性格《せいかく》がなくなって、少しずつ、なにかが変わっていってしまうってことだと思う」

性格が変わってしまうのは、こわい。

自分《じぶん》が自分じゃなくなってしまうのは、ひどくおそろしいことだ。

「きみはもう、このトンネルを通りぬけちゃいけない」

二ノ丸《にのまる》くんは最後《さいご》に、リナの目をしっかりと見つめながら、そういった。

それきり、くるっと背中《せなか》を向けて、トンネルの向こうに向かって歩いていってしまう。

「あっ、待《ま》って、二ノ丸くん！」

呼《よ》びとめても、その背中がふりかえることはなかった。


家に帰ると、パパがふきげんそうにしていた。

せっかくのすき焼《や》きなのに。

リナは、せっかくママが用意《ようい》してくれたすき焼きを、理由《りゆう》もなくふきげんそうに食べているパパのことを、いやな感じだと思った。

だから、日記《にっき》にはそのことを書いた。

きょうのパパは、すごくいやな感じだったって。

あのトンネルのことは、書かなかった。

――そう、リナは結局《けっきょく》、なやみになやんだすえに、目をとじて、あのトンネルをうしろ向きに歩いて通りぬけてしまったのだ。

いまはもう、なにをわすれたのかおぼえていない。

なんとなく、トンネルのそばでだれかと会って、なにかを話したような気もするのだけど、思いだそうとすると、頭がぼんやりしてしまう。

自分《じぶん》はいったい、なにをわすれてしまったんだろう……。

そう思うと、少しだけ心ぼそいような気はするものの、胸《むね》のなかはすっきりしている。

きっとなにかいやなことがあってあのトンネルにいったにちがいないのだから、いまこうして、胸のなかがすっきりしているということは、いやなことをわすれられた、ということだ。

だったらもう、わすれてしまおう、とリナは思った。

いやなことをわすれた、ということすらも、ぜんぶ。

日に日に、パパのことがきらいになっていく。

だって、リナはうそなんかついていないのに、やたらとうたがうから。

本当にきょうおそくなったのは、寄《よ》り道《みち》してたからじゃないんだね？　なんていわれると、心の底《そこ》からがっかりしてしまう。

どうしてパパは、リナのことを信《しん》じてくれないんだろうって。

それに、ママもママだ。

そんなパパになにもいわないで、こまったように笑《わら》っているだけなのだから。

いい子でいてもうたがわれるんだったら、いい子でいるのなんて、ばかみたい。

リナは、少しずついい子をやめはじめた。

やっていない宿題《しゅくだい》を、やった、とうそをついたり、いたくもないおなかをおさえながら塾《じゅく》を早退《そうたい》して、駅前の本屋さんで立ち読みをしてから帰ってみたり。

一度そういうことをしたあとは、同じようなことをするのに抵抗《ていこう》がなくなってしまう。

リナはどんどん、やりたいことばかりやる子になっていった。

悪《わる》いことをしたあとは、決まって胸《むね》のなかでつぶやく言葉がある。

――だって、どうせパパもママも、最初《さいしょ》からリナのことうたがってるんでしょ？

だったら、いい子でいる意味なんかなかった。


リナがいい子でいるのをやめてから、パパの帰りがおそくなった。

前は二日にいっぺんは早めに残業《ざんぎょう》を終《お》えて帰ってきて、家族三人で楽しく夕食を食べていたのに。

ママは、いつも元気がなさそうで、いっしょにいるだけで気がめいってしまう。だから、最近はほとんど話をしない。

リナは、家にいるのがひどくゆううつになってしまった。

あんなに大好《だいす》きだったパパのこともママのことも、いまはちっとも好きだと思えない。

ときどき、ひどくとほうにくれてしまうことがある。

どうしてこんなふうになっちゃったんだろうって。

前はあんなに楽しくすごせていたのに。

日記《にっき》にだって、パパとママのことが大好《だいす》きだって気持ちがあふれていた。

いまのリナの日記には、パパとママへのぐちや不満《ふまん》しか書かれていない。

家が楽しくないから、学校でも不機嫌《ふきげん》そうにしていることがふえた。

最近《さいきん》、なかよしだったみんなが、なんとなくよそよそしくなってきた気がする。

また、ひとりぼっちになってしまうのかもしれない――。

リナは、ほとんど確信《かくしん》に近い気持ちで、そんな予感《よかん》をもつようになっていた。

○●○

「あれっ、ここって都市伝説《としでんせつ》で有名《ゆうめい》なトンネルだよね」

今日太《きょうた》の出した大声が、トンネルのなかで思いっきり反響《はんきょう》している。

二ノ丸《にのまる》くんは、うるさい、と太文字で書いた顔をふりむけて、いった。

「ついてこなくていいっていったのに」

「ついてきちゃだめとはいわなかったじゃーん」

二ノ丸《にのまる》くんになにをいわれても、今日太《きょうた》はまったく気にならない。

不思議《ふしぎ》と、二ノ丸くんは本気で自分《じぶん》をいやがっていないような気がするからだ。

自分が二ノ丸くんをおもしろがっているように、二ノ丸くんも、自分とは正反対《せいはんたい》の小《こ》泉今日太《いずみきょうた》をおもしろがっているような気がする。

だから、ついてこなくていいといわれたって、勝手《かって》についてきてしまうのだ。

このトンネルは、このあたりの子どもならだれでも知っている都市伝説《としでんせつ》、《記憶《きおく》をなくせるトンネル》だ。

今日太たちが暮《く》らしている切通町《きりどおしちょう》には、都市伝説がやたらと多い。

そのほとんどは、だれも信《しん》じていないようなものばかりで、めったにうわさになることもないのだけど、ごくまれに、わざわざテレビ局《きょく》や雑誌社《ざっししゃ》の人たちがきて、さわぎたてていくようなものもあったりする。

そんな切通町《きりどおしちょう》で、わりと有名《ゆうめい》なほうではある《記憶《きおく》をなくせるトンネル》は、むかしはよく、きもだめし的《てき》にその真偽《しんぎ》をたしかめにくる子どもが多かったらしいけれど、いまではまったく人気《ひとけ》がない。

今日太《きょうた》も、高学年になってからこのトンネルにきたのは、きょうがはじめてだった。

「で、ここになんの用事があんの？」

二ノ丸《にのまる》くんはトンネルのなかには入らずに、ただじっと見ているだけだ。

「いや、用事ってほどのことじゃないんだけど……」

「けど？」

「最後《さいご》にもう一回、ちゃんと見ておこうかなと思って」

「なんのために？」

「……きみには関係《かんけい》ない」

おっと、そっぽを向かれてしまったぞ、と思っていたら、今日太と二ノ丸くんのすぐそばを、なんとなく見おぼえのある女の子が、すーっと通りすぎていった。

「あれっ、あの子って……」

ついさっき、歩道橋《ほどうきょう》の上で見かけた子だった。

制服《せいふく》を着たその女の子は、いきなりくるっとうしろを向いたかと思うと、ぎゅっと目をとじて、そのままトンネルに向かって歩きだしてしまった。

「えっ、ちょ、ちょっと……」

今日太《きょうた》はびっくりして、思わず声をかけそうになった。

そんな今日太に向かって、なぜだか二ノ丸《にのまる》くんは、ゆっくりと首を横にふる。

「いこう」

「でも……」

「きみは、都市伝説《としでんせつ》なんか信《しん》じてないでしょ？」

「え？　うん、まあ、そういうのはまったく信じてないけど」

「だったら、気にすることない。いこう」

なんだかよくわからないけれど、二ノ丸くんがさっさと歩きだしてしまったので、しかたなくあとにつづく。

歩きながらふりかえると、トンネルのなかはすっかり暗《くら》くなっていた。暗すぎて、なかの様子《ようす》がよく見えない。

女の子が無事《ぶじ》にうしろ向きのまま、トンネルを通りぬけることができたのかどうか、たしかめることはできなかった。

生きかえり専用《せんよう》ポスト

きのうとおととい、二日つづけて、今日太《きょうた》は二ノ丸《にのまる》くん以外《いがい》の友だちといっしょに下校した。

最近《さいきん》、きょん太《た》のつきあいが悪《わる》いとブーイングがおきたからだ。

たしかに今日太も、ここのところみんなと遊んでないな、と思っていたところではあった。

なので、その二日間は目いっぱい、いつものなかよしメンバーたちと遊んだ。

二ノ丸くん断《だ》ちをしたのは、その二日だけ。

たったの二日だ。

それだけで、大好物《だいこうぶつ》のアイスココアを二週間は飲んでいないような気分になった。

だから、きょうはぜったいに二ノ丸くんといっしょに帰る！

朝、うちを出るときから、今日太はそう決めていた。

「えっ？　二ノ丸《にのまる》くんのうち？　いいの？　遊びにいって」

「おじいちゃんが、つれてこいってうるさいから」

「わーい、やったやったー」

いつものように、今日太《きょうた》のことをあからさまにけむたがっていた二ノ丸くんが、なぜだか急に、「うちにくる？」と誘《さそ》ってくれたのは、その日の帰り道だった。

もちろん、今日太にことわる理由《りゆう》はない。

よろこんで、お呼《よ》ばれすることにした。

誘っておきながら、二ノ丸くんはなぜだか浮《う》かない顔だ。

「……もしかして、二ノ丸くんちってゴミ屋敷《やしき》なの？」

「は？　なにそれ」

「もしそうでも、オレ、まったく気にしないから。オレの部屋、きたことあるでしょ？」

いやがる二ノ丸くんを、むりやりつれて帰ったことがあった。今日太の部屋は、母親と妹から、どろぼうが入ったあとの部屋、と呼ばれている。

「……きみはもう少し、自分の部屋をかたづけたほうがいいと思うよ」

「かたづけてるんだけどさー、かたづけるスピードをうわまわる早さで、ちらかっててっちゃうんだよねー」

あきれたように、二ノ丸《にのまる》くんが今日太《きょうた》の顔をちらりと見やる。

「きみの部屋のきたなさはともかく、うちはゴミ屋敷《やしき》じゃない」

「あっ、ちがうの？　なんだー、浮《う》かない顔してるからさ、オレにゴミ屋敷を見られるのがいやなのかと思っちゃった」

「ぼくがいやなのは……」

そこまでいって、二ノ丸くんはだまってしまった。

「なんだよ、二ノ丸くん。いいかけてやめるなよなー」

今日太がひじでつっついても、二ノ丸くんはもう、その先を口にすることはなかった。

二ノ丸くんの家は、坂《さか》の上の崖《がけ》みたいになっているところに、一軒《けん》だけぽつんと建《た》っている大きな洋館《ようかん》だった。

「すげー、王子さまのうちじゃん！」

今日太《きょうた》の歓声《かんせい》にも、二ノ丸《にのまる》くんは自慢《じまん》げな顔をすることもない。

女子たちが、二ノ丸くんのおうちって、古い映画《えいが》に出てくるようなおうちなんだよねー、とさわいでいるのを耳にしたことはあったけれど、女子はいつもおおげさなので、まさかそのうわさのとおりのうちだとは、思ってもみなかった。

今日太は、すげーすげーと連呼《れんこ》しながら、二ノ丸くんにつれられるまま、うっそうと樹木《じゅもく》のしげった大きな庭をよこぎっていく。

石造《いしづく》りの玄関《げんかん》の前に立つと、重厚《じゅうこう》な木のドアに、金属製《きんぞくせい》のライオンの顔がくっついていた。

「ねえねえ、二ノ丸くん。このライオン、なに？」

「ノッカーだけど」

「ノッカーって？」

「それをうちならすと、インターフォンの代《か》わりになるんだよ」

へー、そうなんだー、と答えたときには、今日太はもう、ライオンの顔をかたどった金属《きんぞく》のかたまりで、コンコン、とドアをノックしていた。

「あっ、ちょっと！」

ジーンズのポケットから鍵《かぎ》をとりだす途中《とちゅう》だった二ノ丸《にのまる》くんが、あわてたように今日《きょう》太《た》の腕《うで》をつかもうとする。

「そんなことしなくたって、ぼくが鍵であければいいんだから」

むりやりライオンの顔から手をはがされた今日太は、もうちょっとノックしてみたかったので、すきを見て、ふたたびライオンの顔に手をのばそうとした。

その指先で、すーっとドアが動く。

うすくあいたドアの向こうから、オレンジがかった明るい光が、さーっと広がった。

「なにをさわいでいるんだね。鍵をわすれたのか、瞑《めい》」

光のなかからあらわれたのは、銀色《ぎんいろ》の髪《かみ》をオールバックにしたおじいさんだった。背《せ》が、びっくりするほど高い。今日太が知っているおじいさんはたいてい背が低いので、なんだかちょっと、ぎょっとしてしまう。

ふちのない小ぶりなメガネをかけているのだけど、度《ど》は強くないようだ。目が変《へん》なふうに大きくなってしまったりはしていない。二ノ丸《にのまる》くんとよく似《に》た、丸みはあるのにとがっているような、独特《どくとく》な目の形をしている。

「きみが小泉《こいずみ》くんか」

メガネの奥《おく》の目が、すっと動いて今日太《きょうた》を見る。

「あっ、はい！　小泉今日太です。はじめまして！」

おとなの人にあいさつをするときは、おなかの底《そこ》から声を出すこと——小さなころから両親に、うるさいくらいいわれてきたことなので、ほとんど反射的《はんしゃてき》に大きな声が出る。

いつものとおり、大きな声であいさつをした今日太は、ランドセルのストラップをにぎりながら、ぺこっとおじぎをした。

「孫《まご》がいつもお世話《せわ》になっております。瞑《めい》の祖父《そふ》です」

二ノ丸くんのおじいさんはそういって小さく頭をさげると、半《はん》びらきだったドアを大きくおしひらいた。

どうぞなかへ、ということらしい。

今日太はやっぱり、おなかの底からの声で、「おじゃまします！」といいながら、ドアの向こうに足を進めた。

なんちゃってシャンデリアなら、見たことはある。

同じクラスのおしゃれ女子たちのお誕生日会《たんじょうびかい》にまねかれて遊びにいくと、プラスチックでできているようなカラフルなシャンデリアを、自分の部屋につけてもらっている子がいたりするからだ。

二ノ丸《にのまる》くんのリビングのシャンデリアはホンモノだった。かがやきが、ちがう。見あげていると、目がちかちかするくらい、光がまばゆかった。

ぼけーっと口をあけてシャンデリアを見あげていた今日太《きょうた》に、二ノ丸くんがきいてくる。

「コーヒーと紅茶《こうちゃ》、どっちがいい？」

「え？　あ、ジュースがいい！」

「ジュースはおいてない」

「そうなの？　じゃあ、水で！」

「水……わかった」

おじいさんと今日太《きょうた》を残《のこ》して、二ノ丸《にのまる》くんはどこかにいってしまった。

キッチンにいったのだろう。

今日太がすわっているのは、十人くらいがいっぺんにすわれてしまいそうな、巨大《きょだい》なソファセットの一角《いっかく》だ。

おじいさんは、そのソファセットのすぐそばにおかれたひとりがけ用のソファに、ゆったりとすわっている。

とくになにか話しかけてくる様子《ようす》はない。

「二ノ丸くんのおじいさんは、いつもおうちにいるんですか？」

とりあえず、だまっていてもつまらないので、今日太のほうから話しかけてみた。

「ほとんどね。週に二度ほど、大学に顔を出しにいったりはしているけれど」

「大学生なんですか？」

「……いや、わたしは教えるほうだね。定年退職《ていねんたいしょく》してからは、特別講義《とくべつこうぎ》として教えにいっているだけだが」

「教授《きょうじゅ》だ、教授!」

「まあ、そうだね」

「へー、えらい人なんだー。じゃあ、オレも二ノ丸《にのまる》くんのおじいさんのことは、教授って呼《よ》びます!」

「いや、きみはべつに……」

かみあっているような、かみあっていないような会話をしているうちに、トレイを手にした二ノ丸くんがもどってきた。

トレイの上には、氷《こおり》の入った水のグラスがひとつと、紅茶《こうちゃ》のカップとソーサーが二組、のっている。

ソファセットの前にあるチョコレート色のローテーブルに、トレイがおかれた。

「おじいちゃんの紅茶、ここでいい?」

二ノ丸くんは、ひとりがけのソファにいちばん近いテーブルの角に紅茶のカップをおきながら、教授——今日太《きょうた》はもう、そう呼ぶことに決めてしまった——のほうをちらっと見た。

「ああ、ありがとう」

教授《きょうじゅ》は、黒い丸首《まるくび》のニットから、白いシャツのえりをちょっとだけ出している。見るからに、きちんとした人のするかっこうだった。

今日太《きょうた》がえりのついた服を着るのは、入学式のときとか、親戚《しんせき》の冠婚葬祭《かんこんそうさい》につれていかれるときくらいだ。

「はい、水」

二ノ丸《にのまる》くんはぶっきらぼうにいって、今日太の前に水のグラスをおいた。レモンが入っている。

「うおっ、レモン！　お店みたいじゃん！　これ、二ノ丸くんがほうちょうで切って入れたの？　すげーっ」

今日太のリアクションをうるさがるとき、二ノ丸くんは決まって同じ顔をする。どんな顔、とは表現《ひょうげん》できない。ただ、うるさい、と思っていることだけはしっかりと伝《つた》わってくる顔をするのだ。

気にすることなく今日太《きょうた》は、すげーすげーといいながらグラスを口にはこんだ。

「ぎゃっ」

思わず悲鳴《ひめい》が出る。

「なにこれ、しゅわっとする!」

「……炭酸水《たんさんすい》だけど」

「炭酸の水?　そんなのあんの?」

「あるよ、ふつうに」

「変《か》わった味なー。甘《あま》くないのにしゅわっとすんのか。げー」

「まずいの?」

「まずくないよ」

「げーっていったじゃない、いま」

「げふってなりそうになったのを我慢《がまん》しながらへーっていったら、げーってなっただけだよ」

とつぜん、教授《きょうじゅ》がぶほっとふきだした。

今日太《きょうた》と二ノ丸《にのまる》くんはしゃべるのをやめて、同時に教授《きょうじゅ》のほうを見る。

ふたりの視線《しせん》をあびながら、教授はしばらく、げふっ、がふっ、とむせたあと、笑《わら》いをかみ殺《ころ》したような顔をしながら、「いや、なに」といった。

「小泉《こいずみ》くんといっしょにいるときの瞑《めい》は、ずいぶん楽しそうだなあ、と思ってね」

教授にそういわれた二ノ丸くんは、とんでもないことをいわれた、という顔をしている。

「べつにぼくは、彼《かれ》といるときが特別《とくべつ》楽しいというわけじゃないけれどね」

教授は、まだ少しむせていた。

「……だいじょうぶ？　おじいちゃん」

「だいじょうぶだ。ああ、そうだ、冷凍庫《れいとうこ》にアイスクリームがあるのをわすれていた。

小泉くん、食べるだろう？」

「アイス！　食べます！」

「もってきてあげよう」

今度《こんど》は教授が、リビングから出ていった。

二ノ丸《にのまる》くんとふたりになる。

「二ノ丸くんってさ、教授《きょうじゅ》とふたりで住んでんの？」

「そうだけど」

「ほかのひとは？」

「母はぼくが二歳《さい》のときに亡《な》くなってるし、父は海外で暮《く》らしてる。祖母《そぼ》は、四年前に亡くなった」

ちょっとだけ、胸《むね》がびりりっとなったけれど、顔には出さない。今日太《きょうた》は、ふうん、とだけいって、しゅわっとする水をいっきに飲みほした。

「じゃあ、ごはんは教授が作ってくれるんだ」

「まさか。おじいちゃんは、たまごもまともに割《わ》れない人だよ。ごはんは、通《かよ》いのお手《て》伝《つだ》いさんが作ってくれてる」

「お手伝いさん！　マジかー。むかしの時代の人みたいだな！」

「いまでもいるでしょ、お手伝いさんくらい」

「そっか、いるのか。オレのまわりにはいないだけで」

教授《きょうじゅ》がもどってきた。

なぜだかまた、笑《わら》いをかみ殺《ころ》したような顔になっている。

どうやら教授には、今日太《きょうた》と二ノ丸《にのまる》くんの会話がツボに入るらしかった。


すっかり長居《ながい》をしてしまった。

そとに出ると、あたりがもう暗《くら》い。

「また遊びにきなさい」

玄関先《げんかんさき》で、教授《きょうじゅ》はそういって見送ってくれた。

にこにこしているわけではないけれど、教授が自分をきらっているわけではないことは、ちゃんと伝《つた》わってくる。

今日太はきょういちばんの大きな声で、「はい！　また遊びにきます！」と答えて、二ノ丸邸《にのまるてい》をあとにした。

坂《さか》の下まで送ってあげなさい、と教授にいわれて、しぶしぶいっしょに歩きだした二《に》ノ丸《のまる》くんが、今日太《きょうた》のとなりでなにやらため息をついている。

「なんでため息？　オレが帰っちゃうとさみしくなるから？」

二ノ丸《にのまる》くんが、きっ、とにらみつけてくる。

「ちがうの？　じゃあ、なんでため息？」

「ぼくが心配してたとおりになったから」

「心配してたって、なにを心配してたのさ」

「おじいちゃんはきっと、きみを気にいっちゃうだろうなって」

「いいことじゃーん。なんで気にいられるほうを心配するんだよ。ふつうは、気にいってもらえないかもっていうほうを心配するんじゃないの？」

「おじいちゃんがきみを気にいったら、また遊びにおいでってなるじゃないか」

「なったね」

「それがいやだったんだ」

「なんでだよー」

「ますますきみに、つきまとわれるはめになる」

「だーからー、言い方！」

いいあいながら坂《さか》をくだっていく途中《とちゅう》、少し先にある街灯《がいとう》の下に、大きな紙袋《かみぶくろ》をかかえた男の子がいるのに気がついた。

「うちの学校のやつかな」

今日太《きょうた》がそういうと、二ノ丸《にのまる》くんは小さく首をかしげるようなしぐさをした。

「このあたりに、切り通《どお》し小学校の生徒《せいと》はいないっていてきいてるけど……」

そういいながら、二ノ丸くんは急に歩くスピードをあげた。あわてて今日太もあとを追《お》う。

街灯の下にいた男の子は、小さなメモ用紙をのぞきこんでいるようだった。

「道に迷《まよ》ったの？」

二ノ丸くんが声をかけると、はっとしたように顔をあげる。

今日太たちよりも、二学年ほど歳《とし》が下に見える。

「あ、はい。あの、リチャードソンさんのお宅《たく》ってわかりますか？」

「リチャードソンさん……ああ、あの廃墟《はいきょ》になってるところ」

「そうです、そこです」

「場所はわかるけど、あんなところになんの用事？」

「それは……あの……」

男の子は、なぜだか急に、顔をうつむかせた。

「やっぱりいいです！」

さけぶようにいうと、そのまま走っていってしまった。

「なんなの、あれ」

今日太《きょうた》がめんくらっている横で、二ノ丸《にのまる》くんはなぜだかちょっとこわい顔をしていた。

「二ノ丸くん？」

今日太が声をかけると、ふっと気がぬけたようになって、いつもの二ノ丸くんの顔になった。

「坂《さか》の下まできたから、ぼくはここで」

いつもどおりのそっけない言い方でいって今日太に背中《せなか》を向けると、おりてきたばかりの坂道をのぼりはじめてしまう。

「またあしたねー！」

今日太《きょうた》が大きく手をふっても、二ノ丸《にのまる》くんはふりかえらない。その代《か》わりに、背中《せなか》を向けたまま、ぼそっというのだった。

「気をつけて帰ってよね」

今日太は元気よく、返事《へんじ》をする。

「わかったー」

坂道《さかみち》を背にして走りだしたときにはもう、今日太の頭のなかは、きょうの夕飯《ゆうはん》なんだろ、でいっぱいになっている。

街灯《がいとう》の下に立っていた男の子のことは、頭のはしのはしのはしのほうに、ぎゅむっと追《お》いやられてしまっていた。

○●○

また、きてしまった。

きのうは道に迷《まよ》って、たどりつくことができなかったリチャードソンさんのおうち。

きょうは、見つけることができるだろうか。

白井《しらい》リオンは、〈ポパイ〉の入った紙袋《かみぶくろ》をだきかかえるようにしながら、きのうものぼった坂道《さかみち》をのぼりはじめた。

街灯《がいとう》の下まできたところで、メモ用紙をとりだす。

あっているはずだ。この街灯の下でわかれている道を、坂道になっている左のほうじゃなく、右にいけばいい。

自分で描《か》いた地図を見ながら、アスファルトのほそい道をどんどん進んでいく。

やがて、赤いレンガの大きな家が見えてきた。

「赤いレンガのおうち……あれだ」

リオンは、だっと、走りだす。めざすは、うわさの《生きかえり専用《せんよう》ポスト》だ。

きのう一晩《ひとばん》、もう一度、よく考えてみた。

本当に、〈ポパイ〉を生きかえらせたりしてもいいのかなって。

お母さんは、〈ポパイ〉は天寿《てんじゅ》をまっとうしたのよっていっていた。ひさしぶりに電話で話をしたお父さんも、〈ポパイ〉はしあわせだったはずだよって。

リオンだけが、〈ポパイ〉をあきらめられずにいた。

だって、〈ポパイ〉とは、生まれたときからずっといっしょだった。兄弟同然《どうぜん》だったのだ。

その〈ポパイ〉が、おとといの朝、死んでしまった。

犬の寿命《じゅみょう》は、人間よりもずっと短いってことは知っていたけれど、それでも、信《しん》じられない気持ちでいっぱいだった。

リオンのなかで、〈ポパイ〉の死が現実《げんじつ》のことだと思えるようになる日は、いつまでたってもこないような気がしている。

だから――。

十年以上前《いじょうまえ》から廃墟《はいきょ》になっている、リチャードソンという表札《ひょうさつ》のある赤いレンガの家。

そこの庭に立っている一本足の青い郵便《ゆうびん》ポストに、死んでしまった生きものを夜のあいだに入れておくと、翌朝《よくあさ》、生きてかえってくるらしい――。

このあたりの子どもたちのあいだでは有名《ゆうめい》な都市伝説《としでんせつ》だ。

試《ため》した子がいるという話もきいたことはあるけれど、成功《せいこう》したのかどうかまでは、だれも知らないようだった。

週末《しゅうまつ》におこなわれるお葬式《そうしき》のために、ペット用の小さな棺《ひつぎ》のなかで低温保存《ていおんほぞん》されていた〈ポパイ〉を、リオンはきょうも、こっそり紙袋《かみぶくろ》に入れて家からつれだしてきている。うわさの青いポストに入れるためだ。

一晩《ひとばん》、考えに考えた結果《けっか》、試してみることにしたのだった。

リオンはどうしても、〈ポパイ〉に会いたかった。

「やあ、また会ったね」

いきなり背後《はいご》から声をかけられたリオンは、〈ポパイ〉が入っている紙袋をおとしそうになるくらい、びっくりした。

おそるおそるふりかえると、きのう、街灯《がいとう》の下で声をかけてきた上級生《じょうきゅうせい》が立っていた。

名前は知らない。

学年だけ、わかる。

五年生だ。

五年生たちが体育館から出てくるとき、見かけたことがあった。

「一晩《ひとばん》じっくり考えてみて、やっぱり試《ため》してみることにしたんだね。《生きかえり専用《せんよう》ポスト》を」

どきっとして、思わずあとずさる。

青いポストに、背中《せなか》をうちつけてしまった。

カシャン、とポストのふたがゆれた音がする。

青いポストは外国製《がいこくせい》らしく、あざやかな発色《はっしょく》のペンキで色がぬられていた。ブリキっぽいかるい金属《きんぞく》でできていて、かまぼこのような形をしている。小型犬《こがたけん》の〈ポパイ〉なら、余裕《よゆう》で入れられる大きさだ。

「あの、ぼく……」

三年生のリオンにとって、五年生はとってもおとなに感じる。なにをいわれるんだろう、と思うだけで、胸《むね》がひりひりした。

「その紙袋《かみぶくろ》のなかに、生きかえらせたい生きものが入ってるんだね？」

この人はぜんぶ、お見とおしらしい。リオンは、小さくうなずいた。

「きみのペット？」

「はい、パピヨンです」

「パピヨン……ああ、あの小さなコか。あのコのサイズなら、ポストに入りそうだ」

つやつやの前髪《まえがみ》を長くのばした上級生《じょうきゅうせい》は、姿勢《しせい》よく歩いて、青いポストの前にいるリオンのすぐそばまできた。

カコン、と音を立てながら、ふたをあける。

「先客《せんきゃく》はいないようだね」

リオンもなかをのぞいてみた。からっぽだ。

思いきって、リオンはきいてみることにした。

「あの」

「うん？」

「本当だと思う？」

「このポストのうわさ？」

「はい」

リオンよりも頭ひとつ分、背《せ》の高い上級生《じょうきゅうせい》は、こまったことをきかれたように、形のいいまゆを少しだけさげた。

「じつはまだ、調査中《ちょうさちゅう》でね」

「えっ？」

「黒丸《くろまる》か白丸《しろまる》か、結果《けっか》が出ていない」

「黒丸……か、白丸？」

「この都市伝説《としでんせつ》が、ホンモノなのか、ニセモノなのかってこと。黒丸だとホンモノ、白丸だとニセモノ。いまのところ……白丸の可能性《かのうせい》が高い」

白丸の可能性が高い――つまり、ニセモノだということだ。

リオンは、がっくりと肩《かた》をおとした。

――《生きかえり専用《せんよう》ポスト》は、ニセモノ。

すぐには信《しん》じられなかった。

心のどこかには、こんなのただの都市伝説《としでんせつ》だ、という気持ちもあったはずなのに、思った以上《いじょう》に、ショックを受《う》けている。

「本当に……ニセモノなのかな」

「調査中《ちょうさちゅう》だから断言《だんげん》はできないけど、ぼくは、そう思っていい、と考えている」

「じゃあ、このポストに〈ポパイ〉を入れても……」

上級生《じょうきゅうせい》は、こっくりとうなずいた。

生きかえらない、ということだ。

肩《かた》をおとしたまま、リオンは上級生に背中《せなか》を向けた。

学校では、下校途中《とちゅう》に上級生と顔をあわせたら、ちゃんとあいさつをすることになっている。リオンは上級生に向かって、ぺこっと頭をさげた。

「さようなら」

上級生のほうも、ぺこっと頭をさげて、「さようなら」といった。

玄関《げんかん》のドアを、かつかつかつ、とかたいなにかでひっかいているような音がつづいていた。

「なんの音かしら。リオン、ちょっと見てきてくれる？」

「はーい」

リオンは、トーストにバターをぬる手をとめて、ダイニングテーブルの椅子《いす》から立ちあがった。

玄関《げんかん》のドアをあける。

きゃんっ、という鳴き声がきこえて、どきっとなる。

「ポパイ！」

がばっとリオンがしゃがみこむと、ふさふさの大きな耳を小きざみにふるわせながら、ポパイが胸《むね》のなかに飛びこんできた。

「帰ってきてくれたんだね！」

リオンの出した大きな声に、キッチンからお母さんが飛《と》びだしてくる。

「どうしたの、リオ……きゃーっ」

お母さんが悲鳴《ひめい》をあげる。

死んだはずのポパイがあらわれたのだから、むりもない。

「ど……どういうこと？　ポパイなの？　ち、ちがうわよね？」

リオンは、ぺろぺろと顔をなめてくるポパイを腕《うで》にだきながらお母さんをふりかえる。

「ポパイだよ、ポパイは死んでなんかいなかったんだ！」

ポパイは三日間だけ自宅《じたく》で安置《あんち》したあと、週末《しゅうまつ》、ペット専用《せんよう》の火葬場《かそうば》でお見送りをすることになっていた。

お母さんが、あわてたように階段《かいだん》をかけあがっていく。ポパイは、二階にある空《あ》き部屋──本当はパパの書斎《しょさい》なのだけど、いまは別居中《べっきょちゅう》なので、空き部屋になっている──に安置《あんち》されていた。保冷剤《ほれいざい》をしきつめた棺《ひつぎ》のなかにねかされていたのだ。ポパイがそこからいなくなっているか、たしかめにいったのだろう。

ぼうぜんとした顔をしながら、お母さんが階段をおりてくる。

「……ポパイ、いなかった……本当に、そのコがポパイなんだわ……」

リオンは、ポパイのふわふわの大きな耳にほおずりしながら、にっこりと笑《わら》った。

「ね？　いったでしょ。ポパイは死んでなんかいなかったんだって」


ポパイが帰ってきたその夜。

リオンは夢《ゆめ》を見た。

リオンが犬になった夢だ。

見ている世界《せかい》が、なにもかも大きかった。いつもなら自分のおなかのあたりの高さにあるテーブルが、天板《てんばん》の裏側《うらがわ》しか見えなかったりする。

犬の視界《しかい》ってこんなふうになってるんだ、と思いながら、リオンは犬になった気分を楽しんだ。

そう。

それはとても、楽しい夢だったのだ。

その夜以来《いらい》、リオンはくりかえし、犬になる夢を見るようになった。

「……ン！　リオンってば！」

乱暴《らんぼう》に肩《かた》をゆさぶられて、はっとなる。

目をあけると、すぐ目の前に、なかよしのマコトの顔があった。

「なあに？　どうしたの、マコト」

「どうしたのじゃないよ。とっくに授業《じゅぎょう》、終《お》わってるのに、リオンがねたままだったからおこしたんじゃないか」

「えっ……」

授業が終わっていたことどころか、自分がねていたことにも気づかなかった。

「ねむいの？」

「ううん、ねむくない」

それなのに、ねてしまっていたらしい。

授業中のいねむりなんて、したことなかったのに……。

しかも、そんな短いいねむりのあいだにも、夢《ゆめ》を見ていた。

毎晩《まいばん》、決まって見ているあの夢。

犬になる夢だ。

「ねえねえ、それよりさ、二組が飼《か》ってるインコ、もうすぐ死にそうなんだって。見にいこうよ」

ずいぶん前から、うわさは出ていた。

二組のインコが、歳《とし》をとりすぎて動きがにぶくなってきたって。

ねているのか、死んでいるのかもよくわからないときもあるって。

「ほら、いこう、リオン」

「う、うん……」

マコトに引きずられるように立ちあがりながらも、気は進まない。

なんだか急に、不安《ふあん》な気持ちになってしまったのだ。

ポパイが生きかえってから、そろそろ二週間になる。

リオンの夢は、つづいていた。

毎晩《まいばん》、ベッドのなかで見るだけではなく、お母さんといっしょに車で出かけるときなんかにも、夢《ゆめ》を見る。ちょっとでもうとうとすると、すぐに夢を見てしまうのだ。もちろん、どの夢も自分が犬になっている夢だった。

夢のなかで声を出そうとすると、きゃんきゃんっという鳴き声しか出せないし、いつものように足だけで立つこともできない。

最初《さいしょ》は楽しかったのに、最近は少し、夢を見るのがいやになってきていた。犬として動くことが、どうにも不便《ふべん》だったし、なんていうか、犬という小さないれもののなかに、自分がむりやりおしこまれているような感じがするのだ。

「リオン、早く早く！　休み時間が終《お》わっちゃうだろ」

マコトが強引《ごういん》に腕《うで》を引いて廊下《ろうか》を歩きだす。

「うん……」

見にいきたくなかった。

死にかけのインコなんて。

リオンは、マコトに気づかれないよう、そっとため息をついた。

「はあ……」

わけもなく、ゆううつだった。

下水管《げすいかん》に向かっていきおいよく流れていく水のように、どこか暗《くら》くてせまい場所に、知らないうちに自分が流れおちていっているような気がしてしかたがなかった。


ポパイが生きかえってから、一か月がたった。

ある日の学校帰り。

気がつくとリオンは、あの青いポストの前に立っていた。

なんとなくまっすぐ家に帰りたくなくて、ふらふらと遠まわりをしたことはおぼえているのだけど、どの道をどんなふうに歩いてきたのかは、さっぱり思いだせない。

リオンは、このポストにポパイを入れたことを後悔《こうかい》しはじめていた。

ポパイはあいかわらずかわいい。

リオンが学校から帰ると、きゃんきゃんと鳴きながら足もとにすりよってくるすがたを見ると、生きかえってくれてよかった、と思うのだけど——。重苦《おもくる》しい気持ちでいる時間がじわじわとふえていることに、耐《た》えられなくなりそうだった。

くりかえし見る、犬になった自分《じぶん》の夢《ゆめ》も、いまではつらいだけだ。

みんなが大さわぎしながら見ていた死にかけのインコも、リオンだけは、少しもおもしろがることができなかった。

自分はもう、みんなとはなにかがちがってしまっている。

そんなふうに思うたび、してはいけないことをしたんだ、というかたくて重いなにかが、リオンの胸《むね》のなかにふえていく。どんどん胸が重苦《おもくる》しくなっていく。

「やあ、ひさしぶり」

背中《せなか》のほうから、声がした。

ふりかえらなくてもわかる。

あの五年生だ。

もしかすると、この人に会いたくて自分はここにきたのかもしれない——ふと、そんなふうに思った。

「ぼく、白井《しらい》リオンっていいます」

「ぼくは、二《に》ノ《の》丸《まる》です」

長めの前髪《まえがみ》の下から、目じりがちょっとだけつりあがった大きな目が、じっとリオンを見ている。

BS放送《ほうそう》でやっている外国の動物番組で見た、チーターを思いだす。チーターはものすごく足が速くて、狙《ねら》った獲物《えもの》をぜったいに逃《のが》さない。

リオンには逃げる理由《りゆう》なんてひとつもなかったけれど、この人からはきっと逃げられないんだ、と思った。だから、

「……ぼく、二ノ丸くんがいったとおりにはしなかったんだ」

正直《しょうじき》に、うちあけることにした。

あの日、二ノ丸くんがこの青いポストにまつわる都市伝説《としでんせつ》は白丸《しろまる》――ニセモノだといったあと、いったんは家に帰ろうとしたものの、どうしてもあきらめきれず、リオンはもどってきてしまったのだ。

そして、だめならだめでもいい、という気持ちで、ポストのふたをあけ、ぐったりとして動かない〈ポパイ〉を入れた。

リオンの告白《こくはく》に、二ノ丸《にのまる》くんはおどろかない。

おちつきはらった様子《ようす》でいう。

「知ってる」

「どうして？　見てたの？」

「いや、翌日《よくじつ》、きみの家の様子を見にいったんだ。家のなかから、小型犬《こがたけん》の鳴き声がきこえた」

「そう……ポパイは生きかえったんだ。二ノ丸くんは白丸《しろまる》だっていったけど、あれ、まちがいだよ。この青いポストの都市伝説《としでんせつ》はホンモノだ。黒丸《くろまる》だったんだよ」

「それも、知ってる」

えっ、と声をあげて、リオンはおどろいた。

知ってる？

本当はこの都市伝説がホンモノだってことを、最初《さいしょ》から知ってたってこと？

二ノ丸《にのまる》くんは、リオンの目をまっすぐに見つめたまま、話をつづけた。

「ぼくはきみに、この都市伝説《としでんせつ》はまだ調査中《ちょうさちゅう》だっていったよね。だから、はっきりと黒《くろ》丸《まる》だと断定《だんてい》はできなかった。ただ、この《生きかえり専用《せんよう》ポスト》に死んだ動物を入れておくと、その翌日《よくじつ》には生きかえるっていう部分《ぶぶん》に関《かん》していえば、ほぼ確実《かくじつ》に、黒丸だっていう手ごたえはあった」

「じゃあ、どうしてぼくには、白丸《しろまる》だなんてうそを……」

「気になるうわさを耳にしていたから」

「気になるうわさ？」

「都市伝説にはね、むかしながらの言いつたえ、いわゆる伝承《でんしょう》というものが、形を変《か》えながら現代《げんだい》にまで残《のこ》りつづけているものも少なくないんだ。比較的《ひかくてき》、《生きかえり専用ポスト》は新しい都市伝説だから、伝《つた》えわすれがあるのはめずらしいといえるんだけど……」

「あったの？　伝えわすれが」

「あった。それを、調査中だったんだ。この二週間ほどのあいだに、やっとはっきりした。この都市伝説《としでんせつ》には、伝《つた》えわすれられていることが、ひとつだけある」

そこまでいって、二ノ丸《にのまる》くんは、ふむ、というように、その小さなあご先に人さし指をおしあてた。

「いや……もしかすると、リチャードソンさんはこの青いポストを、海外からもちこんだのかもしれないな。この場所にきてからは十年足《た》らずだとしても、ポスト自体は、もっとずっと長い時間、存在《そんざい》しつづけてきたのかもしれない」

リオンには、よくわからなかった。

この青いポストがどのようにして《生きかえり専用《せんよう》ポスト》になったのかも、どうして二ノ丸くんが、その都市伝説を調査中《ちょうさちゅう》なのかも。

いったい、なんのために都市伝説なんかを調べているのだろう。五年生はいま、自由《じゆう》研究《けんきゅう》かなにかしているのだろうか。

とにかく、といって、二ノ丸くんはふたたび、リオンの目をじっと見つめてきた。

「《生きかえり専用ポスト》には、伝えわすれがある」

二ノ丸くんの目が、獲物《えもの》にねらいをさだめたときのチーターのようになった。

ほかのなにも見えていない、獲物《えもの》だけを見ている目だ。

「どんな伝《つた》えわすれ？」

「この《生きかえり専用《せんよう》ポスト》の利用者《りようしゃ》からは、あるものがうばわれる——らしい」

「あるものって？」

「寿命《じゅみょう》だよ。集めたうわさをつなぎあわせると、そうなる」

「……寿命」

寿命がうばわれるということは、それだけ死ぬのが早くなるということだ。

そんなおそろしいことが、《生きかえり専用ポスト》を利用した者にはおきてしまう？

ごくん、とのどが鳴った。

「うばわれるものが本当に寿命なのだとしたら、《生きかえり専用ポスト》は使うべきじゃない。そう思ったから、きみにはこの都市伝説は白丸《しろまる》だってうそをついたんだ」

二ノ丸《にのまる》くんは、寿命がちぢんでしまうかもしれないことを心配して、本当は黒丸《くろまる》だとわかっていたのに、わざと白丸だとうそをついてくれていたのだ。

そうとも知らずに自分《じぶん》は……。

「ただね、うばわれるものがたとえ寿命《じゅみょう》じゃなくても、ぼくはこの《生きかえり専用《せんよう》ポスト》は、存在《そんざい》するべきものじゃないと思う」

「死んだ生きものを生きかえらせるのはいけないことだから？」

「それが自由《じゆう》にできてしまったら、ぼくたちにはこわいものがなくなってしまう。それはきっと……すごくよくない世界《せかい》を作ることになるんじゃないかな」

二ノ丸《にのまる》くんのいうことは、すごくよくわかった。

重苦《おもくる》しい気持ちにおしつぶされそうになっているいまのリオンだからこそ、その言葉の意味がよくわかる。

「……でも、ぼくはどうしても、ポパイに会いたかった」

「生きかえった〈ポパイ〉は、いつまで生きるかわからないのに？　もしかしたら、不《ふ》死身《じみ》になって帰ってくるかもしれない」

そこまでは、考えていなかった。

だまりこんでしまったリオンに、二ノ丸くんは少しだけ目をほそめた。そうすると、急に顔がやさしくなる。ねむたくなった赤ちゃんの目のようだ。

「なにか、きみの体におかしなことはおきていない？」

「犬になった夢《ゆめ》を見るようになって……」

「うん」

「いねむりもするようになって……」

「うん」

「それから……」

リオンは、いつのまにか泣《な》いてしまっていた。我慢《がまん》しても我慢しても、ううという声がもれて、涙《なみだ》がぼたぼたと地面におちる。

リオンにはもう、わかっていた。

自分《じぶん》はとりかえしのつかないことをしてしまったのだと。

「ぼくの寿命《じゅみょう》を使って、ポパイはいま、生きてるんだ……」

二ノ丸《にのまる》くんが、なるほど、とうなずく。

「《生きかえり専用《せんよう》ポスト》の利用者《りようしゃ》は、生きかえらせた動物になった夢を見ることで、寿命《じゅみょう》をへらす。へらしたぶんだけ、生きかえった動物は生きている状態《じょうたい》を維持《いじ》することができる」

そういうことか、とつぶやくように二ノ丸《にのまる》くんはいって、それきりだまってしまった。

「……ぼく、死んじゃうのかな」

思わず口にしたその言葉に、二ノ丸くんがひどく傷《きず》ついたような顔をする。どうしてそんな顔をするのか、リオンには最初《さいしょ》、わからなかった。

「ぼくが、もっとちゃんととめていればよかった……」

それをきいたとたん、リオンはどうしても、だれかに怒《おこ》りたいような気持ちになって、わめくようにいった。

「そうだよ！　どうしてもっとちゃんとぼくをとめてくれなかったの？　二ノ丸くん、五年生でしょ！　二ノ丸くんのせいだ……ぼくがこんなことになったのは、二ノ丸くんのせいだからね！」

わかっていた。

二ノ丸くんのせいなんかじゃない。

二ノ丸《にのまる》くんは、うそまでついて、ちゃんととめようとしてくれた。

それでも、だれかにいいたかった。

こんなのいやだって。

自分《じぶん》の寿命《じゅみょう》のことなんて、考えたこともなかった。だってリオンはまだ、小学三年生だ。

いったいどのくらいの早さで、寿命はちぢんでいくのだろう。

もしかしたら、あしたの朝にはもう、寿命を使いきってしまっているかも……。

「ひどいよ、二ノ丸くんは！　ひどいよ、ひどいよ！」

リオンは、泣《な》きわめきながら二ノ丸くんに背中《せなか》を向けた。

よろよろしながら、歩きだす。

心のなかで、思いきりさけんだ。

ポパイなんて、もういらない。

あんなやつ、もういらないよ！

すっかりポパイをかまわなくなったリオンを、とうとうお母さんが怒《おこ》った。

夕ごはんの前の散歩《さんぽ》も、もうずっとさぼっている。

お母さんは、怒ると本当にこわい。怒ったお母さんとごはんを食べるくらいなら、ちっともかわいいと思えなくなったポパイを散歩につれていくほうがまだマシだった。

しぶしぶポパイをつれて、そとに出る。

こいつのせいで、ぼくの寿命《じゅみょう》がどんどんへってるっていったら、お母さん、なんて思うだろう。きっと、信《しん》じてくれない。信じてくれたとしても、ぼくを怒るにちがいない。

どうしてそんなばかなことをしたのって。

ちがう、とリオンは首を横にふった。

お母さんは、怒ったりしない。

怒るかわりに、ひどく悲《かな》しむはずだ。

お母さんを怒らせるのもいやだけど、悲しませるのはもっといやだ。

だから、リオンは《生きかえり専用《せんよう》ポスト》を使ってポパイを生きかえらせたことを、いまだにお母さんにはいえずにいる。

お母さんは、ポパイの臨終《りんじゅう》を告《つ》げたお医者《いしゃ》さんの誤診《ごしん》だったんだと、いまでも信《しん》じているようだった。

だれにもいえない。

マコトにだって、いえない。

死にかけのインコをおもしろがるように、自分《じぶん》のことだっておもしろがるかもしれない。そう思ったら、なにもいえなかった。

リオンはただひとり、耐《た》えている。

いつ死んでしまうかわからない恐怖《きょうふ》と、とりかえしのつかないことをしてしまった後《こう》悔《かい》に。

ぼーっとしながら歩いていると、プップーッと大きなクラクションの音がきこえてきた。いつのまにか、国道《こくどう》沿《ぞ》いの歩道まできていたようだ。

リードにつながれたポパイが、ふいに、首をかしげるようにリオンを見あげてきた。

前はあんなにかわいく思えたしぐさも、いまのリオンには、少しもそんなふうには思えない。ポパイがどうして急に自分《じぶん》を見あげてきたのかすら、考えなかった。

さっきと同じクラクションの音が、もう一度、きこえてくる。

ポパイがいきなり、走りだした。

「あっ」

思わず、声が出た。

あまりに急だったので、リオンの手のなかから、リードの持《も》ち手《て》がすりぬけてしまったのだ。

ポパイは、一直線《いっちょくせん》に走っていく。

ものすごいスピードで、車がいきかっている国道に向かって。

「ポパイ!」

リオンがさけんだのと、車のブレーキ音がしたのは、ほとんど同時だった。

次々《つぎつぎ》とブレーキ音がつづく。

何台もの車が、急停車《きゅうていしゃ》していた。

ポパイのところにいかなくちゃ、と思うのに、足がふるえて動けない。

走りだす前に、なにかを訴《うった》えるように自分《じぶん》を見あげていたポパイの目を思いだす。

あの目はきっと、なにもかもわかっていた。

リオンがもうポパイのことをかわいいとは思っていないことも。

生きかえらせたことをひどく後悔《こうかい》していることも。

そして、ポパイが死んでくれたら、これ以上《いじょう》、自分の寿命《じゅみょう》はへらずにすむのに、と思っていたことも。

なにもかも、ポパイはわかっていた。

だから、ポパイは飛《と》びだしていった。

飛びだせば、まちがいなく車にひかれてしまうとわかっている道に向かって。

リオンのために、ポパイはそれをしたのだ。

リオンは、その場にへたりこんでしまった。

通りすがりの人たちが、びっくりしてかけよってきてくれる。だいじょうぶ？　あの犬はあなたの犬なの？　と心配《しんぱい》してくれている。

リオンは、うわーん、と声をあげて泣《な》きだした。

次々《つぎつぎ》と、まわりに人が集まってくる。みんな、リオンが飼《か》い犬《いぬ》の事故《じこ》にショックを受けていると思って、心配《しんぱい》しているようだ。

ちがうのに、とリオンは思う。

ぼくはいま、安心して泣いているのに、と。

これ以上《いじょう》、ぼくの寿命《じゅみょう》がちぢむことはなくなった。そのことに、ほっとしてぼくは泣いている――。

そのときリオンは、自分《じぶん》は本当にとりかえしのつかないことをしてしまったんだ、とあらためて思った。

リオンのために、車の前に飛《と》びだしていったポパイ。

そのポパイの死をなげくよりも先に、ほっとして泣いている自分。

――ぼくはもう、ポパイを生きかえらせる前のぼくじゃなくなってしまった。

二ノ丸《にのまる》くんのいったとおりだ、と思う。

寿命がちぢむことなんか、関係《かんけい》ない。そんな理由《りゆう》がなくたって、あの《生きかえり専《せん》用《よう》ポスト》は、利用《りよう》してはいけないものだった。

ぜったいに、利用してはいけないものだったんだ……。

○●○

今日太《きょうた》はきょうもごきげんだ。

自然《しぜん》と鼻歌《はなうた》が出てしまう。

どうしてごきげんなのかというと、二度目の二ノ丸家《にのまるけ》へのご招待《しょうたい》を受けたからだ。

教授《きょうじゅ》が、小泉《こいずみ》くんにまた遊びにきてもらいなさい、といってくれたらしい。

「ねえ、ちょっと」

となりを歩いていた二ノ丸くんが、ひどくふきげんそうな声を出した。

「なあにー?」

「その鼻歌。おそろしく音程《おんてい》が狂《くる》ってて、きいてると気持ちが悪《わる》いんだけど」

「えー、そうかな」

「きみは、歌だけじゃなく、鼻歌《はなうた》も音痴《おんち》なんだね」

今日太《きょうた》の音痴は有名《ゆうめい》だ。

音楽の授業《じゅぎょう》では、みんなが逆《ぎゃく》に、今日太の芸術的《げいじゅつてき》なまでに調子《ちょうし》っぱずれな歌を楽しみにしているほどだった。

そんなに変《へん》かなー、とぶつぶついいながら歩いていると、二ノ丸《にのまる》くんが、急に足をとめた。

二ノ丸家がある坂《さか》をのぼりはじめる少し手前、街灯《がいとう》があるところだ。

二ノ丸くんの家に向かう坂とはべつの方角《ほうがく》にある坂を見あげている。

「どうかした？　二ノ丸くん。この先に、なんかあるの？」

二ノ丸くんは、いや、と首をふる。

「この先には、青いポストが庭にある空《あ》き家《や》しかないよ」

「ふうん」

ほんの少しだけ、二ノ丸くんがさみしそうな顔をしたような気もしたけれど、そういうときは、今日太はなにもきかない。

二《に》ノ《の》丸《まる》くんには、遠慮《えんりょ》なくからんでいい、と思うときと、そうでないときが、今日太《きょうた》にはある。

「いこう」

「ん！」

二ノ丸くんと肩《かた》をならべて、坂道《さかみち》をのぼりだす。

教授《きょうじゅ》はきょうも、アイスクリームを用意してくれているかな、それともきょうは、ケーキかな——今日太がふたたび、鼻歌《はなうた》を歌いだすと、二ノ丸くんは心の底《そこ》から迷惑《めいわく》そうに、だから、やめてってばそれ、といった。

アンジェリカさん

今日太《きょうた》には、ひとつだけこわいものがある。

蛾《が》だ。

蛾だけはだめだ。

こわい、というより、気味《きみ》が悪《わる》い。

羽のあの意味不明《いみふめい》な模様《もよう》！

ふわふわの毛でおおわれたあの頭！

全体に粉《こな》っぽいあの感じ！

虫ならなんだって——台所に出るあいつだって——平気《へいき》でさわれる今日太なのに、蛾だけは、近くを飛《と》んでいるだけで、ぞぞぞーっとなる。

そんなわけで今日太はいま、硬直状態《こうちょくじょうたい》におちいっていた。

二ノ丸《にのまる》くんが、きょうは図書館によってから帰る、というので、当然《とうぜん》のようについてきたのだけれど、その正面玄関《しょうめんげんかん》に、蛾がいたからだ。

今日太は一歩も動けないまま、せわしくなくガラスの扉《とびら》の前を飛びまわっている蛾を、目で追《お》っている。ちょっとでも自分《じぶん》のほうに向かってきたら、飛《と》びのく用意はできていた。

となりにならんでいた二ノ丸《にのまる》くんが、ひどく感心《かんしん》したようにいう。

「ふうん……きみにも苦手《にがて》なものがあったんだ」

「に、二ノ丸くん、あ、あれ、どうにかしてくんない？」

「どうにかって？」

「手でぱたぱたってやって追《お》いはらうとか」

「いやだよ。鱗粉《りんぷん》が手につくじゃないか」

「り、りんぷん？　……ってなに？」

「蛾《が》の体をおおってる粉《こな》のこと」

「ぎゃーっ、やめてやめて！　蛾のこと、こまかく説明《せつめい》しないでーっ」

思わず悲鳴《ひめい》をあげた今日太《きょうた》をその場に残《のこ》して、無情《むじょう》にも二ノ丸くんは、さっさとひとりで足を進めてしまう。飛びまわる蛾を器用《きよう》によけながらガラスの扉《とびら》をひらくと、するりとなかに入っていった。

「わーっ、おいていくのかよ、二ノ丸《にのまる》くん！」

今日太《きょうた》のさけびもむなしく、扉《とびら》はとざされてしまう。

「……くっそー、これでオレが二ノ丸くんをあきらめると思うなよ」

二ノ丸くんにうるさがられているという自覚《じかく》は、今日太にもちゃんとある。そうはいっても、いっしょにいるとそこそこ楽しそうにしていることもわかっている。なので、どれだけ二ノ丸くんにつれなくされても、今日太はあきらめない。

ほかの友だちとはどこかがなんだかちがう二ノ丸くんのことが気になっているかぎり、追《お》いかけまわすのをやめる気はないのだった。

正面玄関《しょうめんげんかん》から図書館のなかに入るのを早々《そうそう》にあきらめた今日太は、とりあえず、裏口《うらぐち》にまわってみることにした。もしかすると、裏口からも入れるようになっているかもしれない。

自転車置《じてんしゃお》き場《ば》をつっきって、図書館の裏手《うらて》にまわりこんだ今日太は、そこで、四年生まで同じクラスだった女子の集団《しゅうだん》と、ばったり出くわした。

「あーっ、きょん太《た》くんだ！」

「こんなところでなにしてるのぉ？」

「どうしてひとりなの？」

「いつものみんなはいっしょじゃないの？」

顔をあわせるなり、質問攻《しつもんぜ》めだ。

四人がいっせいに話しかけてくると、さすがにうるさい。

今日太《きょうた》はすぐさま、「うるさいっ！　いっぺんにしゃべんなって！」と怒《おこ》った。

なぜだか女子たちは、「きゃーっ、きょん太《た》くんが怒ったー」とうれしそうにさわいでいる。意味がわからない。

「それよりさ、きょん太くん。アンジェリカさんの話、知ってる？」

一方的《いっぽうてき》に質問しておきながら、今日太がなにも答えていないうちに、勝手《かって》に話題《わだい》が変《か》わっていく。

「あんじぇりかさん？　は？　なにそれ。新しいパン屋の名前？」

「ちがうよー、アンジェリカさんのこと、知らないの？」

女子たちがいっせいに、うそーっ、なんで知らないのーっとさわぎだす。

うっわ、マジでうっせ！　とあからさまに顔をしかめた今日太《きょうた》にはおかまいなしに、女子たちの話はつづく。

「アンジェリカさんは、全身《ぜんしん》、まっ黒なかっこうをした女の人なの。それでね、まっ赤なベビーカーに、毛がふわふわのまっ白なプードルをのせてお散歩《さんぽ》するのが日課《にっか》なの！」

「アンジェリカさんは日焼《ひや》けがきらいだから、夜にならないと家を出ないみたい。だから、昼間は会わないんだって」

「でね、アンジェリカさんはかわいい子どもの写真を撮《と》るのが好きで、通りすがりの子のことを気にいると、写真を撮らせてほしいってたのむらしいの。ことわらなければ、アンジェリカさんは写真だけ撮ってすぐにいっちゃうんだけど、ことわるとね……」

思わせぶりにひと呼吸《こきゅう》おいてから、その女子はいっきにいった。

「にっこり笑《わら》いながら、どこからか草刈《くさか》り用《よう》の小さな鎌《かま》をとりだして、写真をことわった子の首を刈《か》っちゃうんだって！」

きゃーっと女子たちが悲鳴《ひめい》をあげる。

今日太は、ぽかんとしたままだ。

いまの話のなにがこわかったのか、さっぱりわからない。

「ふ、ふうん……」

とりあえず、そんな返事《へんじ》をするしか、今日太《きょうた》にできるリアクションはなかった。

「だから、きょん太《た》くんも、もしアンジェリカさんに会ったら、ぜったいに写真をことわっちゃだめだからね！」

「いいですよって答えて、いっしょに写真撮《と》るんだよ？　いい？」

しきりに念《ねん》をおされたので、わ、わかった、とうなずいておいた。

それで満足《まんぞく》したのか、女子たちは、じゃあねーと手をふりながら歩いていってしまう。

女子のことは、よくわからない。

どう考えても、ただの都市伝説《としでんせつ》じゃん、というような話で、なんであそこまでもりあがれるんだろう……。


その後、今日太《きょうた》は無事《ぶじ》に図書館のなかに入ることができた。

裏口《うらぐち》からではなく、正面玄関《しょうめんげんかん》から。

二《に》ノ丸《のまる》くんがわざわざそとに出てきて、「蛾《が》ならもういないよ」と教えてくれたのだ。

おかげで堂々《どうどう》と正面突破《しょうめんとっぱ》することができた。

「ぼくはもう用事をすませたから、きみの読みたい本をさがしなよ」

「えっ、オレはべつに、本はいいよ」

「……だったら、どうして図書館にきたのさ」

「図書館にきたわけじゃないって。二ノ丸くんについてきたんだよ」

今日太《きょうた》の返事《へんじ》に、二ノ丸くんは、ほとほとあきれた、という顔をしてみせた。

「わざわざ迎《むか》えにいったぼくがばかだったよ……」

二ノ丸くんは、ものすごくぶあつい本を一冊《さつ》、わきにかかえていた。

「また民俗学《みんぞくがく》の本？」

「そうだけど」

民俗学。

今日太が最近《さいきん》になっておぼえた言葉のひとつだ。

けの本だ。

二ノ丸《にのまる》くんは、民俗学《みんぞくがく》の本ばかり読んでいる。それも、おとなが読むような漢字《かんじ》だら

「そんなにおもしろいの？　民俗学の本って」

「ぼくにはね」

「ふうん……」

今日太《きょうた》には、民俗学というものがあまりよくわかっていない。

二ノ丸くんがいうには、むかし話のおとなバージョンみたいなものらしいのだけど。

「それってやっぱり、教授《きょうじゅ》の影響《えいきょう》？」

教授、というのは、二ノ丸くんのおじいちゃんのことだ。二ノ丸くんのおじいちゃんは大学の先生なので、今日太は勝手《かって》に、教授、と呼《よ》んでいる。

何度《なんど》か二ノ丸家に遊びにいくうちに、教授が大学で教えているのは、民俗学という分《ぶん》野《や》らしいことを知った。

つまり教授は、民俗学を研究《けんきゅう》している人らしい――というところまでは今日太にもわかっているものの、民俗学の研究がなにをどうするものなのかは、さっぱり理解《りかい》してい

ない。

「まあ、ないとはいえないね」

「ふうん」

二ノ丸《にのまる》くんが、くいっとあごをゆらすようなしぐさを見せた。

「図書館に用事がないなら、出よう」

「あ、うん」

ちょうどよかった。

今日太《きょうた》は、図書館が苦手《にがて》なのだった。

なんといっても、だいの本ぎらいなので。


「だってさー、本って読んでるとねむくなるじゃん」

「それは、きみが自分にあった本にまだ出会ってないからだよ」

「本に、あうあわないなんてある？」

「ぼくはあると思う」

「えー、あるかなあ」

ぶつぶついいながら歩いているうちに、今日太《きょうた》はふと、さっき会った女子たちが話していたことを思いだした。

そういえばさ、と今日太が話しかけようとしたとたん、ちょっと！ といって二ノ丸《にのまる》くんが怒《おこ》りだす。

「勝手《かって》に話を終《お》わらせないでよ。大事な話をしてるんだから」

今日太にとって、本の話なんて大事でもなんでもなかったけれど、二ノ丸くんにとっては、途中《とちゅう》でさえぎられるのが我慢《がまん》できないくらい、大事な話だったようだ。

素直《すなお》に、ごめん、とあやまってから、「でね！」という。思いだしてしまったらもう、いますぐ話さずにはいられない状態《じょうたい》になってしまっていたのだ。

二ノ丸くんは、大きなため息をはきだしたことで、気をとりなおしたようだった。

「……わかったよ、話しなよ。なに？」

「さっきばったり会った女子たちからきいた話なんだけどさ、二ノ丸くん、アンジェリカさんって人の話、知ってる？」

むっとしているのがまるわかりな顔をしていた二ノ丸《にのまる》くんが、あからさまに、表情《ひょうじょう》を変《か》えた。

「いや……知らない。どんな話？」

今日太《きょうた》がざっくりとまとめて話すあいだ、二ノ丸くんはひどく真剣《しんけん》な顔をしていた。

「――で、首を刈《か》られちゃうんだってさ」

「なるほど……そっち系《けい》か」

「ん？　そっち系って？」

今日太が顔をのぞきこもうとすると、二ノ丸くんのほうから、ぐいっと顔を近づけてきた。

「おもしろい話をありがとう、小泉《こいずみ》くん。アンジェリカさんの話は初耳《はつみみ》だった。どうやら、最新《さいしん》の都市伝説《としでんせつ》のようだ」

やけにごきげんな様子《ようす》だ。

いまの話のなにがそんなに二ノ丸くんをよろこばせたのか、今日太にはさっぱりわからない。

ついさっきまで、本の話を勝手《かって》に終《お》わらせたことにぷりぷりしていたくせに、と。

ただの都市伝説《としでんせつ》を本気でこわがって悲鳴《ひめい》をあげていた女子たちと同じくらい、二ノ丸《にのまる》くんのこともよくわからない——。

今日太《きょうた》はひそかに、首をかしげた。

○●○

明かりがともっている家のほうが少ない道をわざと選《えら》んで、二ノ丸瞑《にのまるめい》は、ゆっくりと歩きだした。

塾帰《じゅくがえ》りの小学生に見えるよう、ナイロン製《せい》の横長のリュックをしょっている。あたりの様子《ようす》を気にしているようなそぶりは見せないよう気をつけながら、人けのない通りを歩いていく。

大きな通りを走っている車の音もきこえないくらい、ひっそりとした一帯《いったい》に入ったとところで、瞑《めい》は、少しはなれてうしろをついてきている足音に気がついた。

よし、と思う。

あとは声をかけられるのを待《ま》つだけ——そう思っていたら、すぐ横を、会社帰りのサラリーマンらしきおじさんが足ばやに追《お》いこしていった。

「そう簡単《かんたん》にはいかないか……」

瞑は小さくつぶやくと、頭をかるく左右にふった。まぶたにかぶさっていた前髪《まえがみ》の量《りょう》が少しだけかるくなって、形のいいその目があらわになる。

追いこしていったおじさんのスーツの背中《せなか》が、角を曲《ま》がって見えなくなった。頭を動かしすぎないよう注意しながら、あたりの様子《ようす》をうかがってみる。あとをついてきているような人の気配《けはい》はまったくない。住宅街《じゅうたくがい》ごとねむりこんでしまったように、静《しず》かだ。

クラスメイトの小泉今日太《こいずみきょうた》から、思いがけずしいれた新《あら》たなる都市伝説《としでんせつ》、《アンジェリカさん》について、調べられることはすべて調べた。

アンジェリカさんに遭遇《そうぐう》した、とされている場所は、おもに三か所。

ひとつは、駅前にある市営《しえい》の駐輪場《ちゅうりんじょう》近くの裏通《うらどお》り。

もうひとつは、切通南団地《きりどおしみなみだんち》の近くにある公民館《こうみんかん》の周辺《しゅうへん》。

その二か所は、実際《じっさい》に足をはこんでみて、こんな場所から、〈危害《きがい》をくわえる系《けい》〉の都市伝説《としでんせつ》が発生《はっせい》するわけがない、と確信《かくしん》できた。どちらも人通りが多かったし、喫茶店《きっさてん》やコンビニもすぐ近くにあったからだ。

残《のこ》るひとつが、瞑《めい》がいまいるここ、古くからの一戸建《いっこだ》てが多い住宅街《じゅうたくがい》のなかだった。

アンジェリカさんらしき人を見かけた、という目撃情報《もくげきじょうほう》がいちばん多く、なかには、声をかけられそうになった、というニアミス情報もいくつかあったのが、このあたり一帯《いったい》だったのだ。

この住宅街は、ところどころ空《あ》き地《ち》になっていて、全体的《ぜんたいてき》にうす暗《ぐら》い。明かりがついていない家が数軒《すうけん》つづくと、その道はさらに暗くなる。

切り通《きどお》し小学校に近い新興住宅街《しんこうじゅうたくがい》には街灯《がいとう》も少なくないし、豪華《ごうか》なつくりの低層《ていそう》マンションが多いので、ガラス張《ば》りのエントランスからは光があふれだしていて、どの道も明るい。

そういう明るい夜になれている子どもであれば、このあたりのうす暗い道はおそろしく感じるのかもしれないけれど、瞑《めい》は、ちがった。

瞑が祖父《そふ》とふたりで暮《く》らしている家は、小高《こだか》い丘《おか》の上にあって、まわりはちょっとした林になっている。当然《とうぜん》のように街灯《がいとう》は少ないし、隣家《りんか》もないため、うす暗《ぐら》い道にはなれっこなのだ。

空《あ》き地《ち》がつづく道を通りぬけてしまった瞑は、しかたなく、べつの道へと入りなおした。

そこは、明かりがともっている家も多く、空き地も少ない道だったので、さっさと通りぬけて、べつのもっと暗い道をさがすつもりで、少しばかり早足で歩く。

つきあたりまであと少し、という場所まできたところで、横道から急に、人があらわれた。

瞑が集めた情報《じょうほう》では、アンジェリカさんはたいてい背後《はいご》から声をかけてくるようだったので、べつの方角《ほうがく》からやってくる気配《けはい》にはあまり注意をはらっていなかった。わ、と小さく声がもれる。自然と足も、とまっていた。

そんな瞑に、低いけれど、女の人のものだとわかる声が話しかけてくる。

「こんばんは。切《き》り通《どお》し小学校の生徒《せいと》さん？」

声のしたほうに、ゆっくりと顔を向ける。

黒いワンピースに黒い編《あ》みあげのブーツ、黒い帽子《ぼうし》の女の人が、そこにはいた。手には、まっ赤なベビーカーのハンドルをにぎっている。ベビーカーのなかには、ふわふわの毛の白いプードルが、ちょこんとのせられていた。

アンジェリカさんだ――。

瞑《めい》は、「こんばんは」と答えながら、アンジェリカさんをさらにこまかく、観察《かんさつ》していった。

顔は、しわが多くて、肌《はだ》に張《は》りがない。だけど、しっかりとお化粧《けしょう》はしている。髪《かみ》は長くて、胸《むね》まである。人形《にんぎょう》の髪のような質感《しつかん》の、金色に近いブラウンに染《そ》められていた。

おおよそ、うわさされているアンジェリカさんのままのいでたちだ。

夜おそく、人けのないうす暗《ぐら》い道でばったり出くわしたりしたら、それだけで悲鳴《ひめい》をあげそうになるルックスかもしれないな、と思う。

瞑は、アンジェリカさんの特徴《とくちょう》のひとつひとつを、しっかりと記憶《きおく》していった。あと

で、きちんとデータ化《か》するためだ。

ベビーカーをおしながら、アンジェリカさんがさらに近づいてくる。

「わたしね、お人形《にんぎょう》の作家なの。ちょうどあなたくらいの歳《とし》の子どもをモチーフにしているのだけど……」

アンジェリカさんが、自分の顔をすみからすみまでなめまわすように見ているのがわかる。

瞑《めい》も、アンジェリカさんを見ている。

さあ、例《れい》のあれをいってくれ――。

アンジェリカさんが、にっこりと笑《わら》った。

「もしよかったら」

そういいながら、ベビーカーのハンドルにぶらさげてあった大きな黒いバッグのなかに手を入れる。それまでおとなしかったプードルが、そのときだけは小さく、キャンッと鳴いた。

バッグのなかに手を入れたまま、アンジェリカさんがいう。

「あなたはとってもチャーミングだから、作品づくりの資料用《しりょうよう》に、写真を撮《と》らせてもらえないかしら」

きたぞ、と瞑《めい》は心のなかで、にやりと笑《わら》った。

もちろん、顔には出さない。

アンジェリカさんは、バッグのなかでごそごそと手を動かしている。さがしているのは、カメラか、スマートフォンか、それとも――。

アンジェリカさんに写真を撮《と》りたいとたのまれたらどう答えるか、瞑はあらかじめ、決めていた。

生まれたての都市伝説《としでんせつ》、《アンジェリカさん》。

集めた情報《じょうほう》によると、写真をことわりさえしなければ、アンジェリカさんはおとなしく立ちさることになっていた。

だったら、そちらはたしかめなくてもいい。

問題《もんだい》は、ことわったときの、おそろしい結末《けつまつ》のほうだ。

はたしてアンジェリカさんは本当に、どこからか鎌《かま》をとりだして、首を刈《か》ろうとするのかどうか。

瞑《めい》が知りたいのは、そこだった。

「……すみません、知らない人からのたのみごとはことわるようにと、親にいわれているものですから」

瞑は、アンジェリカさんがどう動いても反応《はんのう》できるよう、しっかりと気持ちをととのえながら、そう答えた。

にっこりと笑《わら》っていたアンジェリカさんの表情《ひょうじょう》が変《か》わる。

すっと明《あ》かりを消したように暗《くら》くなったかと思うと、すぐにまた、笑顔《えがお》になった。

ただし、今度《こんど》の笑顔はさっきのような、にっこり、ではない。どこかさみしそうな、あきらめたような顔だ。

「そう……残念《ざんねん》だけど、しかたがないわね。おかしなことをおねがいしてしまってごめんなさい」

アンジェリカさんの手は、まだバッグのなかに入ったままだ。

「いえ、こちらこそ、おことわりしてしまってすみません」

「いいのよ。あなたからはもうじゅうぶん、インスピレーションをもらったから」

バッグのなかをまさぐっていたアンジェリカさんの手が、ぴたりととまる。

さがしていたものを、見つけたらしい。

「よかったら、これ……」

アンジェリカさんの手が、バッグから出てくる。

瞑《めい》は、ひそかに身《み》がまえた。

もし鎌《かま》が出てきたら、すぐにでもきびすをかえして、走りだせるように。

バッグから出てきたアンジェリカさんの手にあったもの——それは、赤いリボンで口をきゅっとしばった透明《とうめい》の袋《ふくろ》だった。

袋のなかには、クッキーらしきものが入っている。

「……それは？」

「わたしが焼《や》いたクッキーなの。写真を撮《と》らせてくれた子には、こっちをプレゼントしてるんだけど、ことわられちゃったときは、クッキーをわたしているのよ」

こっち、といいながらアンジェリカさんが指さしたのは、黒いバッグの持《も》ち手《て》につけてある、立体的《りったいてき》な赤いハートに黒い翼《つばさ》がはえたデザインのキーホルダーだった。

「このキーホルダーもわたしがデザインしたもので、雑貨屋《ざっかや》さんなんかにはよくおいてあるのよ。あなたは男の子だし、きっと雑貨屋さんにはいかないでしょうから、見たことないわね。女の子には、けっこう人気《にんき》なのよ」

アンジェリカさんがいったとおり、瞑《めい》は雑貨屋さんにはいったことがない。ハートに翼がはえたキーホルダーを見たのも、はじめてだった。

瞑がじっとキーホルダーを見ていると、アンジェリカさんが、くす、と笑《わら》った。

「こっちがいい？」

「あ、いえ！　そういうわけでは……」

アンジェリカさんは、ふたたびバッグのなかに手を入れた。今度《こんど》はあっさりと手が出てくる。

「あなたからもらったインスピレーションのおかげで、次作《じさく》のイメージがかたまったような気がする。特別《とくべつ》に、あなたには両方、プレゼントしちゃいましょう」

そういってアンジェリカさんは、透明《とうめい》の袋《ふくろ》に入ったクッキーといっしょに、ピンクの

けた。

包装紙《ほうそうし》につつまれたものも瞑《めい》にさしだしてきた。あわてて受けとる。

アンジェリカさんが立ちさろうとしているのを察知《さっち》した瞑は、「あの！」と声をかけた。

なあに？　というように、アンジェリカさんが首をかしげる。

「いつも、こんなおそい時間に犬の散歩《さんぽ》をしてらっしゃるんですか？」

「ええ、そうよ。わたし、日光《にっこう》アレルギーなの」

「日光アレルギー……」

「こんな黒ずくめのかっこうまでしていると、まるでヴァンパイアみたいよね」

「黒ずくめのかっこうには、なにか意味があるんですか？」

「これは、ただの趣味《しゅみ》。わたし、若《わか》いころから黒い服しか身につけたことがないの。ゴシック小説《しょうせつ》や、ホラー映画《えいが》が大好《だいす》きなのよね。いちばん好きなキャラクターは、『血《ち》みどろ沼《ぬま》のベロニカ』のベロニカちゃんだし。うふふ」

「そう……なんですか」

キャンッ、とプードルがかんだかく鳴いた。

「あらあら、いつまでほうっておくつもりだって怒《おこ》られちゃったわ。それじゃあ、いくわね。あなたも、こんなおそい時間までお勉強、たいへんだと思うけど、がんばってね」

最後《さいご》にアンジェリカさんは、瞑《めい》を中学受験《じゅけん》のために塾通《じゅくがよ》いをがんばっている小学生だと思いこんだまま、はげましの言葉を残《のこ》して去《さ》っていった。

ききたいことはまだあったけれど、てわたされたのがクッキーだった時点《じてん》で、《アンジェリカさん》が白丸《しろまる》なのはあきらかだった。

黒丸《くろまる》なら、ホンモノ。

白丸なら、ニセモノ。

生まれたての都市伝説《としでんせつ》、《アンジェリカさん》は、うたがいようがないほど明確《めいかく》に、白丸だった。

都市伝説を調べてまわっている瞑には、どうしてあの人形作家《にんぎょうさっか》の女性《じょせい》が、小学生女子のあいだで《アンジェリカさん》にされてしまったのか、解明《かいめい》することができる。

まず、アンジェリカさんという名前がついた理由《りゆう》。

あれは、見た目の印象《いんしょう》だ。

黒ずくめのかっこうに、人形《にんぎょう》のような質感《しっかん》の金色に近いブラウンの髪《かみ》。あだ名をつけるとしたら、フランス人形っぽい外国の名前がふさわしい。だから、アンジェリカさん。

そこに、実際《じっさい》にアンジェリカさんが人形作りの資料用《しりょうよう》におこなっている、写真撮影《さつえい》のおねがいがくわわって、《アンジェリカさん》の骨格《こっかく》ができた。

あとは、日光《にっこう》アレルギーのせいで夜にしか出歩《である》かない、という習慣《しゅうかん》や、写真をことわったときとことわらなかったときで、アンジェリカさんがわたすプレゼントが変《か》わる、という事実《じじつ》が少しずつゆがめられたもので肉《にく》づけされて、《アンジェリカさん》はりっぱな都市《とし》伝説《でんせつ》にしあがっていった。

瞑《めい》と、瞑の祖父《そふ》である二《に》ノ《の》丸一幻《まるいちげん》が白丸《しろまる》と呼《よ》んでいるニセモノたちは、たいがいこんなふうにして生まれてくる。

骨格《こっかく》になるなにかがまずあって、そこに、虚実《きょじつ》が入りまじった肉づけがほどこされることによって、それらしい物語が生まれる。

その物語がひろく伝聞《でんぶん》されていくことによって、新《あら》たな都市伝説が発生《はっせい》することになるのだった。

それにしても、と瞑《めい》は首をかしげる。

鎌《かま》で首を刈《か》る、という肉づけは、どこから出てきたんだろう……。

考えこんでいたら、ぐう、とおなかが鳴った。

アンジェリカさんからもらったクッキーのことを思いだす。

瞑は、袋《ふくろ》のリボンをほどいた。中身《なかみ》をいくつか、手のひらの上に出してみる。

「あ……」

なぞが、とけた。

クッキーが、鎌の形をしていたのだ。

そういえば、と思いだす。

アンジェリカさんが好《す》きだといっていた『血《ち》みどろ沼《ぬま》のベロニカ』というホラー映画《えいが》の主人公《しゅじんこう》・ベロニカは、草刈《くさか》り用《よう》の小ぶりな鎌で人をおそうキャラクターだった、と。

アンジェリカさんは、大好きなキャラクターのベロニカを象徴《しょうちょう》する鎌の形で、クッキーを焼《や》いていたのだ。

実際《じっさい》にアンジェリカさんから、鎌の形のクッキーをもらった子どもが、だれかにそのことを話して、それをきいた子どもがまた、べつの子どもにそれを話して——ということをくりかえししているうちに、鎌《かま》の形のクッキーが、いつしか、ただの鎌に変《か》わってしまった、ということだろう。

瞑《めい》は、ひっそりと笑《わら》った。

これでまたひとつ、調査《ちょうさ》ファイルにデータがふえる、と思ったら、自然《しぜん》と顔がにやけてしまったのだ。

——ぐう。

おなかが、また鳴った。

瞑は、鎌の形のクッキーをひとつ、口のなかにほうりこもうとして、はたとその手をとめた。

アンジェリカさんはきっと、悪い人ではない。とはいえ、知らない人は知らない人だ。知らない人からもらった食べものは、むやみに口にするべきではない、と思いなおした瞑は、アンジェリカさんからのプレゼントをそっとリュックのポケットにしまった。キーホルダーといっしょに、部屋のどこかに飾《かざ》っておこう、と思いながら。

○●○

だいの本ぎらいの今日太《きょうた》にも、ひとつだけ、読めてしまうタイプの本がある。

それは、実在《じつざい》する変《へん》なすがたをした生きものたちを紹介《しょうかい》している本だ。

それはもう、びっくりするしかないすがたをした生きものたちが満載《まんさい》で、最初《さいしょ》から最後まで、まったくテンションをおとすことなく楽しく読めてしまう。

今日太は、キテレツなすがたをした生きものたちのことを、妖怪《ようかい》のおもとだと思っている。

むかしの人たちは、電気のない生活を送っていた。つまり、夜が暗《くら》かった、ということだ。となると、暗がりでたまたまやつらを目撃《もくげき》したら、この世《よ》のものとは思えないなにかがいた！　と思ってもおかしくはない。

今日太にとって、変なすがたをした生きものたちの本は、すなわち、妖怪の本なのだった。

切《き》り通《どお》し小学校にも、朝の読書の時間がある。

だいの本ぎらいの今日太《きょうた》も、その時間だけは本を読まなければならない。

いままでは、絵や写真がメインの、図鑑《ずかん》のような本ばかり読んでいたのだけれど――。

今朝《けさ》はがんばって、深海《しんかい》の生きものたちが、どうしてそういうグロテスクなすがたをしているのかを説明《せつめい》する文章《ぶんしょう》が、ちょっとだけ長めの本を読んでみた。

自分《じぶん》でも意外《いがい》なくらい、すいすい読めてしまった。

「きいてきいて、二ノ丸《にのまる》くん！」

朝の読書の時間が終《お》わるやいなや、今日太はさっそく二ノ丸くんに、そのことを報告《ほうこく》した。

席《せき》がとなり同士《どうし》なので、すぐに話しかけられてとても便利《べんり》だ。

「二ノ丸くんがいってた、あう本とあわない本の意味、わかったかも。オレ、字が多めでも、変《へん》な生きものの本だったら何冊《なんさつ》でもいける！」

「……そう」

二ノ丸くんは、そっけなくあいづちをうっただけだったけれど、今日太にはわかる。

二ノ丸《にのまる》くんは、こっそりよろこんでいる。

長い前髪《まえがみ》の下で、ほんの少しだけほそくなっている目が、その証拠《しょうこ》だ。

二ノ丸くんは、笑《わら》うのを我慢《がまん》したり、興味《きょうみ》を引かれるものを見かけたりすると、よくその目になる。

だから、今日太《きょうた》にはわかってしまう。

二ノ丸くんがいま、よろこんでいることが。

二ノ丸くんにとって、よっぽど本は大事なものなんだなあ……。

あらためて、自分とはまったくタイプがちがうことを実感《じっかん》したような気がして、今日太はまじまじと二ノ丸くんの顔を見た。

「……前からいってるけど、そうやって人の顔をじろじろ見るの、やめてくれない？」

「いいじゃーん、ちょっとくらい」

「きみの場合、ちょっとじゃないから注意してるんじゃないか」

「じゃあ、このくらいならいい？」

今日太は、ちらっと二ノ丸くんの顔を見て、すぐにそっぽを向いてみせた。

「長さのことをいってるんじゃない。意味なく見るのをやめてくれっていってるんだよ、ぼくは」

「えー……意味なんかなくたって、気になるものには自然《しぜん》と目がいくじゃーん」

なにをいわれてもけろっとしている今日太《きょうた》に、二ノ丸《にのまる》くんがとうとう、がくりと首をおってうなだれた。

「……もういい。きみといいあってもつかれるだけだ」

こういう粋《いき》なリアクションもふくめて、今日太は二ノ丸くんのことを気にいっている。

当《とう》の本人《ほんにん》は、そのことに気づかないままだ。

結果《けっか》、今日太のなかで二ノ丸くんの好感度《こうかんど》は、あがる一方《いっぽう》なのだった。

黒い制服《せいふく》の男たち

クラスメイトのひとり、ゾノ——名字《みょうじ》の花園《はなぞの》が短縮《たんしゅく》されて、そう呼《よ》ばれている——が、ひらいたノートの上に両手をかざしてうなっていた。

「なにやってんの？　ゾノ」

今日太《きょうた》が話しかけても返事《へんじ》をしない。むずかしい顔をして、ノートをにらみつけたままでいる。

しかたなく今日太は、ゾノの両肩《りょうかた》を正面《しょうめん》からがしりとつかむと、頭がぐらぐらになるくらい、思いきりゆさぶってみた。

「わーっ、ちょっともう！　なにすんだよ、きょん太っ」

ようやくゾノが、ノートから視線《しせん》をあげて今日太を見た。

「だって、返事しないから」

「オレはいま、実験中だったの！」

「実験？　なんの？」

「手を使わないでノートをめくれるかどうかの！」

「なにそれ」

「念動力《ねんどうりょく》の実験だよ」

「ねんどうりょく？　……ってなんだっけ」

「頭のなかで念《ねん》じるだけで、ものを動かしたりできる力のこと！」

「あー！　あれか、『学べる超能力《ちょうのうりょく》』！」

「そうそう、あれあれ」

今日太《きょうた》たちのクラスではいま、無料《むりょう》アプリの『学べる超能力』が大流行《だいりゅうこう》している。

ちょっとこわめのむかしっぽいイラストをたくさんのせていて、じっさいに超能力が使えるようになる方法を教えてくれるアプリなのだけど、どうも今日太はいまひとつのりきれず、一度、目を通《とお》したきりになっていた。

「ゾノもあれで超能力の練習してんだ」

「してるしてる。ＥＳＰカードも買っちゃったし」

「なにそのＥＳＰカードって」

「なんか、星っぽい形の記号《きごう》とかのカード。見ないで当《あ》てる練習すると、超能力が使えるようになるってやつ」

「ふうん。いくらだったの？」

「二千円」

「たっか！」

今日太《きょうた》はドン引《び》きだったけれど、ゾノはまったくそうは思っていないようで、今度《こんど》きょん太《た》もうちきてやってみなよ！　とかいいながらにこにこしていた。

「価値観《かちかん》のちがいだな……」

ぶつぶついいながら自分《じぶん》の席《せき》にもどった今日太に、となりの席の二ノ丸《にのまる》くんが、ちらっと視線《しせん》だけを向けてくる。

その目は、『きみの口から価値観なんて言葉が出てくるなんてね』といっていた。

最近《さいきん》は、二ノ丸くんの顔を見るだけで、なにをいいたいのかなんとなくわかるようになってしまった今日太だ。

「だってさあ」

きかれてもいないのに、勝手《かって》に答える。

「二千円だよ?　ただのカードに」

二《に》ノ丸《のまる》くんはそれをきいただけで、なんのことなのかピンときたようだった。

「ああ、ESPカードのこと?」

「知ってんだ!　二ノ丸くん」

「うわさになってたからね。どんなものかと思って、お店に見にいってみた」

「へー、そうなんだ」

「あれは、『学べる超能力《ちょうのうりょく》』のアプリを作ってる会社が、出版社《しゅっぱんしゃ》と共同《きょうどう》で発売《はつばい》したもののようだね」

「ふうん?」

「無料《むりょう》のアプリで超能力に興味《きょうみ》をもたせてから、二千円の商品《しょうひん》を売りだす——まあ、わりとよくある商売方法だよね」

二ノ丸くんはときどき、同じ小学五年生とは思えないようなことをいいだすのだけれど、そんなところがまた、今日太《きょうた》にとっては、二ノ丸くんっておもしれーよな!　になる。

「いちおうきくけど」

机《つくえ》の上につぎの授業《じゅぎょう》の教科書《きょうかしょ》とノートを出しながら、二ノ丸《にのまる》くんがふたたび、視線《しせん》を今日太《きょうた》に投《な》げてくる。

「きみは、あのカードをばかばかしいと思ってるってことでいいんだね？」

「ばかばかしいというか、高すぎじゃん？　とは思ってるよ？」

「そ。ならいいんだけど」

それきり二ノ丸くんはもう、今日太のほうを見なくなってしまった。

○●○

切通自然公園《きりどおししぜんこうえん》の一角《いっかく》に、ミニ動物園があることは、意外《いがい》と知られていない。

飼《か》われているのは、ウサギやリスといった小動物ばかりなので、わざわざ見にくるお客《きゃく》がほとんどいないからだろう。

ひまそうな女子高生たちがふらりとやってきて、きゃーっ、かわいい！　とさわいでいるのを見かけることはたまにあるけれど、地元《じもと》の小学生のすがたを見かけることはめったにない。思いかえしてみても、ほんの数回だ。それも、たまたま通りかかった、というふうで、わざわざ動物園を見にきた様子《ようす》ではなかった。それほど、さびれた場所なのだ。

神谷《かみや》イクミは、もう何か月も前から、週に一度、かならずこのミニ動物園にきている。小学六年生にしてはおとなびた顔立《かおだ》ちをしているイクミは、中学生にまちがえられることも少なくない。身長《しんちょう》も、女子のなかにはイクミより大きな子はいるものの、男子ではダントツで高かった。

メガネは、四年生のときからかけている。最近《さいきん》、ころんでフレームを曲《ま》げてしまったので、黒いふちのものに買いかえた。さらにおとなっぽく見えるようになったようで、クラスメイトたちからはふざけて、神谷センパイ、と呼《よ》ばれたりしている。

そんな自分が、熱心《ねっしん》にウサギのオリの前でメモをとるすがたは、生物《せいぶつ》クラブに所属《しょぞく》している動物好《ず》きの中学生にでも見えているのかな、と思ったりもするのだけど、じっさいのところ、イクミは動物好きでもなんでもない。

イクミがこのミニ動物園にかよっているのは、ある目的《もくてき》のためだ。

ウサギのオリは、大きい。

イクミが両親と暮《く》らしているマンションのエレベーターの二倍、いや、三倍はあるかもしれない。何十匹《ぴき》ものウサギが飼《か》われているからだ。いまは、その半分ほどが昼寝中《ひるねちゅう》だった。

いつものように、イクミは頭のなかで、ウサギの群《む》れに向かって話しかけてみた。

『やあ、ぼくだよ。さっそくだけど、整列《せいれつ》してみようか』

すると、ねむっていなかった十匹ほどのウサギたちがいっせいに動きだし、イクミが頭のなかで思いうかべたとおりの形に、きちんと整列した。

『じゃあ、つぎは走ってみて』

ウサギたちが、走りだす。

なにもかも、イクミの思いどおりだった。

イクミは満足《まんぞく》したように、にこりと笑《わら》う。

『……きみたちとの実験《じっけん》は、きょうでおしまい。つぎの実験をはじめることにしたから。

いままでありがとうね』
イクミは最後《さいご》に、ばいばい、と小さく手をふってから、かよいなれたウサギのオリに背《せ》を向けた。

つぎにイクミが実験《じっけん》の場に選《えら》んだのは、幼稚園《ようちえん》だった。

ピンクのスモックを着た女の子たちと、水色のスモックを着た男の子たちが、うじゃうじゃいる空間――実験をするには、もってこいの場所だ。

問題《もんだい》は、イクミが学校から帰るころには、幼稚園のほうもとっくに終わってしまっているということだった。

しかたなく、昼休みを利用《りよう》して学校をぬけだすことにした。

さいわいなことに、切り通《きどお》し小学校のすぐ近くに、色取《いろど》り幼稚園がある。

切り通し小学校の昼休みがはじまるころ、色取り幼稚園でもまた、お昼ごはんのあとのそと遊びの時間になることを、イクミは知っていた。

るはずだ。

裏門《うらもん》からぬけだせば、二分もかからず、色取《いろど》り幼稚園《ようちえん》の裏手《うらて》にまわりこむことができ

その日、イクミは予定《よてい》どおり、昼休みになるやいなや、裏門から学校をぬけだした。

もちろん、だれにも見つからないよう、こっそりと、だ。

切《き》り通《どお》し小学校の体育館の裏側《うらがわ》を通って、色取り幼稚園の裏手にまわりこんだ。

柵《さく》の向こうには植木《うえき》がすきまなくならんでいて、なかをのぞくことはできない。代《か》わりに、幼稚園児《ようちえんじ》たちのにぎやかな声はしっかりときこえてくる。

イクミはさっそく、頭のなかで幼稚園児たちに命《めい》じてみた。

『みんな、大きな声で、こんにちはっていってみて』

すると、幼稚園児のたくさんの声がいっせいに、「こんにちは！」とさけぶのがきこえてきた。

「いやだ、どうしたのみんな、急に！」

つづけて、先生たちがあわてふためく様子《ようす》も伝《つた》わってくる。

先生たちがなにもいっていないのに、子どもたちがいっせいに、「こんにちは！」と

声をそろえたことにおどろいているのだ。

イクミはひそかに、くすくすと笑《わら》った。

実験《じっけん》は成功《せいこう》だ、と思う。

ぼくは、ウサギのような小さな動物だけじゃなくて、人間の子どもだって思いどおりに動かすことができるんだ――。

満足《まんぞく》してその場を立ちさろうとしたそのとき、

「すみません、ちょっといいですか？」

思いがけなく、背後《はいご》から声をかけられた。

しまった、学校をぬけだしたのを見つかってしまったのか？　と内心《ないしん》、あせりながらふりかえる。

すると、そこにいたのは、自分よりも学年が下と思われる小学生だった。

悪《わる》いことをしている相手《あいて》を見とがめる警官《けいかん》のようなするどいまなざしをしてはいるものの、背《せ》はイクミよりも低いし、体つきだってきゃしゃだ。

おそれるような相手じゃない、と判断《はんだん》すると、イクミはかるくあごを浮《う》かすようにしながら、「なんか用《よう》？」と答えた。

「ぼくはあなたと同じ切《き》り通《どお》し小学校の五年生で、二ノ丸《にのまる》といいます。あなたは、六年生の神谷《かみや》イクミくんですね」

「どうしてぼくの名前を……」

「すみません。調査《ちょうさ》ずみの案件《あんけん》ではあったので、あなたのことまで調べるのはよけいなことだとは思ったのですが」

「調査ずみ……って？　なんの調査？」

「《黒い制服《せいふく》の男たち》についてです」

黒い制服の男たち。

なんだったっけ、ききおぼえがあるような……とイクミが考えこんでいると、二ノ丸《にのまる》と名のったその五年生のほうがさきに、口をひらいた。

「このあたりにむかしからある都市伝説《としでんせつ》です。ごぞんじないですか？　超能力《ちょうのうりょく》をもつ子どもがあらわれると、どこからか黒い制服を着た男たちがやってきて、その子どもをとある秘密《ひみつ》の施設《しせつ》につれていってしまうらしい、という話です」

知っている。思いだした。

イクミがまだ二年生か三年生だったころに、はやっていた都市伝説《としでんせつ》だ。

そのころのイクミにとってはなんの関係《かんけい》もない話だったし、超能力《ちょうのうりょく》なんてあるわけがない、とも思っていたので、クラスメイトたちがさわいでいても、まったく気にとめなかったのをおぼえている。

すっかりわすれてはいたものの、思いだしたとたん、その都市伝説《としでんせつ》のことが気にかかってきた。

なにせイクミはこの半年ほどのあいだに、確実《かくじつ》に超能力と呼《よ》ばれるであろう力をもつようになってしまったのだから。

奇妙《きみょう》な力の存在《そんざい》に気がついたのは、ほんのささいなことがきっかけだった。

はじまりは、蚊《か》だ。

ある夜、イクミは蚊の飛《と》ぶ音で目をさました。

うるさいな、出てってくれよ――。

頭のなかでそう考えたとたん、蚊の飛ぶ音がきこえなくなった。

もちろん、最初《さいしょ》はたまたまだと思った。

同じことが二度、三度とつづいて、はじめてちょっと、「あれ？」となったのだ。

試《ため》しに、公園で見つけた行進中《こうしんちゅう》の蟻《あり》たちに命《めい》じてみた。

『いますぐバラバラになれ』

蟻はみごとに、四方八方《しほうはっぽう》にちっていった。

それでもまだ、これはたまたまだ、と思っていたイクミは、今度《こんど》は池の鯉《こい》たちに、いっせいに飛《と》びはねさせてみることにした。

その結果《けっか》、池全体が煮立《にた》ったかのように、鯉たちは盛大《せいだい》な水しぶきをあげながら、いっせいに飛びはねだしたのだ。現実《げんじつ》ばなれしたその光景《こうけい》に、近くにいた人たちからは、きゃーっと悲鳴《ひめい》があがったほどだ。

それでようやく、イクミは確信《かくしん》した。

蚊《か》でも蟻でも鯉でも、自分が頭のなかで命じれば、そのとおりに動くんだ、と。

だったら、もっと大きな動物はどうなんだろう？

試してみたくなった。

そうしてイクミは、切通自然公園《きりどおししぜんこうえん》のミニ動物園にかようようになったのだった。

「……切通自然公園のミニ動物園」

二ノ丸《にのまる》の口から、いきなりその名前が出たので、イクミはびくっとなった。

「あそこのウサギたちで、あなたはずっと実験《じっけん》をしていましたね」

イクミはすぐさま、首を横にふった。

見られていたのか、というおどろきはあったものの、見ていたところで、なにがおこなわれていたのかはわかるはずがない、と思ったからだ。

ところが、二ノ丸はひるまなかった。

「いいえ、あなたはあそこで、ずっとなにかを試《ため》していた。ぼくは、たまたまあのウサギのオリの前を通りかかったとき、あなたがしきりにメモをとっているのが気になったんです。だから、しばらく観察《かんさつ》してみることにした」

いわれてみれば、二ノ丸とよく似《に》た小学生を何度《なんど》か見かけたような気はする。

もちろん、ただの通りすがりだと思って、気にもとめていなかった。まさか、観察されていたなんて……。

「あなたは、ウサギたちが奇妙《きみょう》な行動をとるたびに、メモをしていました。それで、ぼくはこう推測《すいそく》した。あなたは、動物を自在《じざい》にあやつる力をもちはじめていて、その実験《じっけん》をしているのではないかと」

二ノ丸《にのまる》は、完全無欠《かんぜんむけつ》な正解《せいかい》をつきつけてきた。

二ノ丸の顔を見つめたまま、イクミは動けなくなる。言葉も出てこない。

「さらにあなたは、実験対象《じっけんたいしょう》を人間の子どもにグレードアップすることにした。だから、いま、ここにいるんですよね？」

ここに、といいながら、二ノ丸は色取《いろど》り幼稚園《ようちえん》のほうをちらっと見やった。

イクミは、無言《むごん》のまま首を横にふった。

そうする以外《いがい》に、どうすればいいかわからなかったからだ。

この力のことを、だれかに教えたことはない。友だちにはもちろん、両親にも、だれにも。

どうしてそうしたのか、深く考えたことはなかった。なんとなく、そうしたほうがいいような気がしたから、だまっていただけだ。

いまも、真実《しんじつ》を知っているらしい二ノ丸《にのまる》にまで、ごまかしとおそうとしている。どうしてそうしたいのか、イクミにはよくわからなかった。

理由《りゆう》があるとすれば、知られるのがなんとなくこわいような感じがする、というだけで、ことさら深刻《しんこく》な考えがあってのことではない気がした。

「あくまでも、否定《ひてい》するんですね」

二ノ丸が、人を射抜《いぬ》くようなその目で、イクミの顔をじっと見つめてきた。そして、いう。

「それでいい」

思いがけないひとことに、イクミはごくりとのどを鳴らした。

二ノ丸が急に、にこっと笑《わら》う。笑うと、さっきまでのとがった印象《いんしょう》だった顔が、人なつっこい赤ちゃんの顔のようにやさしくなった。

「その力は、だれにも知られないようにしたほうがいい」

イクミはどう答えればいいのかわからず、変幻自在《へんげんじざい》な顔をもつ二ノ丸を、ただ、じっと見つめかえすばかりになった。

「ぼくですら、あなたのしていることに気がついたんです。これからは、実験《じっけん》のようなことをするのはひかえたほうがいいでしょう。できれば、力そのものを使うのをやめたほうがいいと思います」

最後《さいご》にそういうと、二ノ丸《にのまる》はくるっときびすをかえして、そのまま歩きだしてしまった。

あわてて呼《よ》びとめる。

「二ノ丸！　それって、もしかして忠告《ちゅうこく》？」

二ノ丸は、肩《かた》ごしにちらっとふりかえった。足はとめていない。

「はい。《黒い制服《せいふく》の男たち》は、黒丸《くろまる》ですから」

黒丸、という謎《なぞ》の言葉を残《のこ》して、二ノ丸は角《かど》をまがっていってしまった。

そのうしろすがたが見えなくなってからも、イクミはしばらく、その場に立ちつくしたままでいた。

色取《いろど》り幼稚園《ようちえん》での一回目の実験《じっけん》以来《いらい》、イクミはあの力を使うことをやめていた。

二ノ丸《にのまる》にいわれたことが気になっていたのもあるし、もともとイクミ自身《じしん》、これ以上《いじょう》、あの力を使うことになれてしまってはいけないような気はしていたからだ。

いいきっかけだ、とばかりに、あの力を使わなくなって、そろそろ一週間がたとうとしている。

そんなある日、イクミは、横断歩道《おうだんほどう》をわたろうとしていたおじいさんが、つえをつきそこねて転倒《てんとう》するすがたを目撃《もくげき》した。

まの悪《わる》いことに、車のほうの信号《しんごう》が青に変《か》わってしまい、横断歩道のまんなかでたおれたままになっていたおじいさんには、クラクションの嵐《あらし》があびせられた。

走って助《たす》けにいこうにも、赤信号を無視《むし》するわけにもいかない。

とっさにイクミは、『車のクラクションを鳴らすのをやめろ！』と頭のなかでさけんでいた。

とたんに、クラクションはやんだ。

ちょうどそのとき、イクミがいたほうの歩道とは反対《はんたい》の歩道から、数人の高校生たちが走りでてきた。たまたま通りかかったらしい。たおれていたおじいさんを両わきからかかえるようにして、歩道《ほどう》へとつれていった。

せきとめられていた車が、いっせいに走りだす。イクミはそれをぼんやりと見つめながら思った。

とうとうやってしまった、と。

色取《いろど》り幼稚園《ようちえん》での実験《じっけん》を思いついたときにはすでに、いずれはおとなでも試《ため》してみたい、という気持ちは頭のどこかにあったのだと思う。

だけど、それだけはやらないつもりでいた。

子どもである自分が、おとなを自由《じゆう》にあやつれるようになってしまったら、なにかとんでもないことがおきるような気がして、こわかったからだ。

やらないつもりでいたことを、うっかりやってしまった。しかも、成功《せいこう》している。

イクミは、ふるえた。

寒《さむ》くてしかたがないときのように、ぶるぶると。

それは、おそろしさからくるふるえではなかった。自分でも思いがけないことだったのだけれど、そうではなかった。

自分《じぶん》はすごいことをしてしまった――。

そんな、おどろきと興奮《こうふん》が入りまじったような気持ちに感電《かんでん》して、体が勝手《かって》にふるえている。そんな感じだった。


イクミはふたたび、実験《じっけん》をくりかえすようになっていた。

もはや、実験とはいえないかもしれない。

イクミは確実《かくじつ》に、子どもだけではなく、おとなですら、あの力で自由《じゆう》にあやつれるようになっていたからだ。

試《ため》す必要《ひつよう》なんか、とっくになくなっていたのだ。

最初《さいしょ》は、通りすがりのおとなに、その場で足ぶみさせてみたり、適当《てきとう》にバスにのせてみたり、といたずらに近いようなことしかしなかった。

あまりに自分の思いどおりになることがおもしろくて、イクミはとうとう、身近《みぢか》なおとなのことまであやつるようになってしまった。

最初《さいしょ》に試《ため》してみたのは、学校の用務員《ようむいん》のおじさんだ。

大きな声で笑《わら》ってみて、と命《めい》じたら、あの無愛想《ぶあいそう》だった用務員のおじさんが、本当に大きな声で笑った。あれにはびっくりした。

その人がどういう人か知っているほうが、自分《じぶん》があやつったときに意外性《いがいせい》があっておもしろい――。

身近《みぢか》な人をあやつるのは、赤《あか》の他人《たにん》をあやつるよりも楽しい、ということを、イクミは知ってしまったのだった。

仲《なか》が悪《わる》かったクラスメイト同士《どうし》に、わざと相手《あいて》をほめるようなことをいわせあって、仲なおりのきっかけをあたえてみたり、まじめな先生にはやりの一発芸《いっぱつげい》をやらせてクラスのみんなを笑わせてみたり。

ほかのみんなにとっては害《がい》にならないようなことしかさせないようにはしていたものの、力を使えば使うほど、してはいけないことをしている、という感覚《かんかく》は、どんどんうすまっていく。

イクミにとって、力を使うのは当《あ》たり前《まえ》になりつつあった。

ごはんを食べるように、学校で授業《じゅぎょう》を受けるように、夜になるとベッドに入ってねむるように、ごくごく自然《しぜん》に力を使う。

そんな毎日がつづくなか、それでも、イクミが決《けっ》して力を使わない相手《あいて》がいた。

両親だ。

両親に力を使えたら、と思ったことは、もちろん、ある。

それができたら、イクミがいい思いをすることが山のようにあるのだから。

たとえば、ごはんのメニュー。

もしもイクミが、きょうの晩《ばん》ごはんはハンバーグがいい、と頭のなかで考えれば、ただそれだけで、本当は煮《に》ものだったはずの晩ごはんも、ハンバーグになる。

好《す》きなものだけを食べられる毎日を送ることができるようになるのだ。

やってもいい時間が決まっているゲームだってやり放題《ほうだい》になるし、やりたくないお手《て》伝《つだ》いだってスルーできるようになる。

そんなふうにすごすことができたら、すごく楽しいだろうな、とは思う。だけど、イクミはいままで一度も、両親に対して力を使っていない。

これからも、使うつもりはなかった。

どうして使わないの？　とたずねられても、ちゃんとは答えられない。

ただ、両親にあの力を使うことを考えると、わけもなく悲《かな》しくなる。

自分の子どもに、知らないうちにあやつられてしまうなんて。

そんなかわいそうなこと、ほかにはないような気がする。

この国でいちばんえらい人や、世界《せかい》の要人《ようじん》といわれているような人のことなら、かえって平気《へいき》であやつれるかもしれないけれど、両親はだめだ。

想像《そうぞう》するだけで、悲しくてどうしようもなくなる。

だから、両親にだけは、力を使わない。

それは、イクミがイクミのためだけに決めた、あの力を使うに当《あ》たってのルールのようなものだった。

イクミが決めたイクミのためのそのルールは、これからもずっと守られていくはずだったのだけど——。

郊外《こうがい》にある大型書店《おおがたしょてん》に、お父さんとお母さんと三人でいくのを、イクミはずっと楽しみにしていた。

車じゃないといけないところにある、ものすごく大きな本屋さんだ。洋館《ようかん》みたいな内装《ないそう》で、本だけじゃなく、売り場の半分ではめずらしい雑貨《ざっか》や文房具《ぶんぼうぐ》なんかも売っていて、すごく楽しい。

イクミの大好《だいす》きな本屋さんなのだけど、お母さんは車の免許《めんきょ》をもっていないから、お父さんが仕事を休めた週末《しゅうまつ》にしか、つれていってもらえない。

本当は、先週の日曜日につれていってもらえるはずだった。

急な仕事が入った、と土曜の夜になってからいわれたとき、どれだけがっかりしたことか。

お父さんは、海外の貧《まず》しい子どもたちに必要《ひつよう》な支援《しえん》をするための仕事をしている。とてもりっぱな仕事だ。

お父さんが週末《しゅうまつ》も出勤《しゅっきん》するくらい忙《いそが》しくても、イクミががまんできているのは、お父さんの仕事がとても誇《ほこ》らしいからだ。

それでも、さすがに二週つづけて約束《やくそく》をやぶられてしまうと、イクミだって文句《もんく》のひとつくらいいいたくなる。

だから、今週もまただめになった、とわかった瞬間《しゅんかん》、ほとんど反射的《はんしゃてき》に、いってしまっていた。

「またなの？」

いったのは、それだけだ。

それなのにお父さんは、ひどくがっかりしたような顔をした。

「イクミとの約束《やくそく》を守れなかったのは悪《わる》いと思ってるよ。でもさ、お父さん、がんばってるだけなんだけどな……」

そして、ひとりごとのようにそんなことをつぶやくのだった。

イクミは思わず、かっとなった。

わかってるよ！　といまにもさけびだしそうになる。

わかってるけど、いわずにはいられなかっただけなんだって。

お父さんをがっかりさせるためにいったわけじゃない。オレだってがまんしてるんだってわかってほしかっただけ。

ただそれだけだったのに……。

勝手《かって》ににじんできた涙《なみだ》で、少しだけかすんだ視界《しかい》のなかにいるお父さんが、急ににくたらしくなってきた。

お父さんがそんなふうなら――。

使ってしまおうか。

あの力を。

お父さんは、食後のコーヒーを飲むために、ダイニングテーブルからリビングのソファに移動《いどう》したところだ。

いま、イクミがあの力を使えば、簡単《かんたん》にお父さんのことをあやつれる距離《きょり》にいる。

週末《しゅうまつ》はお父さんとお母さんと三人で、ドライブにいきたい。

ただそう考えるだけで、お父さんは勝手《かって》に仕事の予定《よてい》をキャンセルしてくれる。

そうして自分《じぶん》の行動を変《か》えたことを、お父さんは、イクミに命《めい》じられたからだとは思わない。自分が考えてそうしたことだと思うはずだ。

イクミは、相手《あいて》を自分の思いどおりにすることができるだけではなく、その痕跡《こんせき》をいっさい残《のこ》すことなく、そうすることができるのだから。

よし、使ってしまえ。

イクミがとうとう、お父さんに力を使おうとしたそのとき、なぜだか不意《ふい》に、あの二《に》ノ丸《のまる》の顔が思いうかんだ。

色取《いろど》り幼稚園《ようちえん》の裏手《うらて》で、一度会っただけの下級生《かきゅうせい》。

『その力は、だれにも知られないようにしたほうがいい』

二ノ丸は、そういった。

できれば、力そのものを使うことをやめたほうがいいと思います、とも。

そういえば、だいぶ前にはやった都市伝説《としでんせつ》のこともなにかいっていたような気がするけれど、そんなことはどうでもよかった。

イクミがいま、ぎくりとなっているのは、二ノ丸に力のことをいわれたとき、チャンスをもらったような気持ちになったことを思いだしたからだった。

じっさい、二ノ丸《にのまる》に忠告《ちゅうこく》らしきものを受けてからしばらくのあいだは、イクミはいっさい、あの力を使っていない。

横断歩道《おうだんほどう》のまんなかで転倒《てんとう》してしまったおじいさんにあびせられていたクラクションの音をとめたい一心《いっしん》で、うっかりおとなにも力を使ってしまったあの日。

あの日までは、まちがいなくイクミは力を使うことをやめていられたし、やめられたことにほっとしてもいた。

二ノ丸がどういうつもりで忠告《ちゅうこく》のようなことをしてきたのかはよくわからないけれど、あの忠告が、たしかにイクミを一度はふみとどまらせてくれたのだ。

そして、いままた、二ノ丸の忠告がイクミの頭のなかによみがえってきている。

忠告とはいっても、一度会ったきりの、それまでは名前も知らなかった下級生《かきゅうせい》がいってきただけのことだ。

それなのに、よくきく頭痛薬《ずつうやく》のように、二ノ丸の忠告はイクミに効果《こうか》があるらしい。

不思議《ふしぎ》なくらい簡単《かんたん》に、イクミは、やめよう、と思うことができた。

お父さんとお母さんには、ぜったいに使わないって決めたじゃないか――。

食後のダイニングテーブルに残《のこ》ったままでいたイクミに、お母さんがそっと耳うちしてきた。

「本当は、お父さんもすごーく楽しみにしてたんだよ。イクミと出かけるの」

それをきいたら、うそみたいにお父さんをにくらしく思う気持ちが消えていった。

お母さんのたったひとことで、こんなにも簡単《かんたん》に消えてしまうような気持ちだったのに。それなのに、うっかりあの力を使いそうになってしまったんだ……。

急に、あの力のことがじゃまなもののように思えてきた。

お父さんとお母さんにだけじゃなく、あの力を使うこと自体《じたい》、もうやめよう。

使わない筋肉《きんにく》が少しずつおとろえていくように、あの力だって、ずっと使わないようにしていれば、そのうち弱くなって消えてしまうかもしれない。

だから、あの力はもう使わないようにしよう。

ごく自然《しぜん》に、そう思うことができた。

途中《とちゅう》までいっしょに帰ってきたクラスメイトとは、大きな横断歩道《おうだんほどう》の前で別《わか》れた。クラスメイトはそのまま歩道をまっすぐ歩いていき、イクミはひとり、信号待《しんごうま》ちをする。

ふりそうでふらなかった雨が、急にふってきた。とてもこまかい雨で、傘《かさ》をさすほどではない。

信号《しんごう》は、まだ赤だ。

こまかい雨にかすむ視界《しかい》の奥《おく》、だれもいなかった向かい側《がわ》の歩道に、いつのまにか人があらわれていることに気づく。

イクミは目をほそめた。

黒ずくめのかっこうをしたおとなだ。

変《か》わった形のスーツを着ている。学生服みたいなんだけど、ボタンが一列《れつ》じゃなくて二列になっていたり、そで口のデザインがこっていたりする。

信号《しんごう》が青に変《か》わった。

イクミが歩きだすのと同時に、向かい側《がわ》の歩道にいた黒ずくめのかっこうをしたおとなも歩きだす。

横断《おうだん》歩道《ほどう》のちょうどまんなかあたりまできたところで、黒ずくめのかっこうをしたおとなと目があった。

イクミの父親よりも少し歳《とし》が上に見える。ひげをそったあとが、青い。

なにかを思いだしそうで、思いだせない。

イクミは、ぼんやりと男の顔を見つめたままでいた。男の口が、ゆっくりとひらく。

なにか話しかけてこようとしたそのとき、

「イクミくん！」

黒ずくめのかっこうをした青ひげの男のうしろから、ききおぼえのある声がイクミを呼《よ》んだ。びくっとなりながら、視線《しせん》をそちらに向ける。

「二《に》ノ《の》丸《まる》……」

二ノ丸は、おとながいかにも好感《こうかん》をもちそうな、純真《じゅんしん》無垢《むく》を絵に描《か》いたような笑顔《えがお》を

作りながら、イクミのすぐそばまで近づいてきた。

「ひどいよ、きょうはいっしょに帰る約束《やくそく》してたでしょ」

「えっ……」

いきなりあらわれた二ノ丸《にのまる》が、どうして急にそんなおしばいをはじめたのか、イクミにはさっぱり理由《りゆう》がわからない。

「いこ」

そういって二ノ丸が、ぐいっと腕《うで》を引いてきた。つれられるまま、歩きだす。

二ノ丸に腕を引かれながら、肩《かた》ごしにうしろをふりかえってみた。

黒ずくめの男はまだ、横断歩道《おうだんほどう》のまんなかに立ったままで、イクミと同じように肩ごしにうしろを見ていた。つまり、イクミを。

ふたたび、目があう。

そこでようやく、イクミは思いだした。

そうか、あの都市伝説《としでんせつ》か、と。《黒い制服《せいふく》の男たち》と、二ノ丸は呼《よ》んでいた。

超能力《ちょうのうりょく》をもつ子どもがあらわれると、どこからか黒い制服を着た男たちがやってきて、その子どもをとある秘密《ひみつ》の施設《しせつ》につれていってしまうらしい――。

思いだしたとたん、うなじのあたりがぞくりとなって、あわてて正面《しょうめん》に向きなおった。

つかまれていないほうの腕《うで》で、思わず二ノ丸《にのまる》の手首をぎゅっとにぎってしまう。

ささやくように、二ノ丸はいった。

「だいじょうぶ、このままぼくといっしょに、なにもなかったように歩きつづけてください」

いわれたとおり、それきり二度とうしろはふりむかず、イクミは歩きつづけた。


電車で二駅。

そこからバスにのって二十分ほどのところに、その丘《おか》はあった。

丘といっても、外国の映画《えいが》なんかに出てくるような緑のあれじゃなく、枯《か》れた雑草《ざっそう》と背《せ》の高いすすきにおおわれた、荒《あ》れはてたこの世《よ》の終《お》わりのような場所だ。大きな公園の裏手《うらて》に、とりのこされたようにその丘はあった。

舗装《ほそう》された道などなく、すすきをかきわけながら進むしかない。

ふっていた雨は、いつのまにかやんでいた。もともと小雨《こさめ》だったので、服も髪《かみ》も、ほとんどぬれていない。

イクミのすぐ前には、二ノ丸《にのまる》の背中《せなか》がある。

五年生としては標準的《ひょうじゅんてき》な、小さな背中だ。それなのに、不思議《ふしぎ》とこの背中のうしろにいればなにも心配はない、という気持ちにさせられる。

黒ずくめのかっこうをした青ひげの男からイクミを引きはなしたあと、二ノ丸はこういった。

『ぼくの忠告《ちゅうこく》を、きいてくれたんですね』

一時的《いちじてき》に復活《ふっかつ》させてしまった時期《じき》もあったけれど、たしかに二ノ丸の忠告をきいて、イクミはあの力を使うことをやめていた。ここ最近《さいきん》も、まったく使っていない。

それがよかったのだと、二ノ丸は満足《まんぞく》したようにうなずいた。

『あの男は、あなたに関《かん》する情報《じょうほう》は誤報《ごほう》だったと判断《はんだん》したのでしょう』

『それって……』

『あなたをつれていくべきかどうか、見さだめにきたんです。でも、あなたからは、超《ちょう》能力《のうりょく》を保有《ほゆう》している人間にだけそなわるなにか――ぼくにもそれがどういうものなのかまではわかりませんが――を感じとることができなかったのだと思います。そうでなければ、あんなに簡単《かんたん》に見すごしてはくれなかったはずですから』

イクミが望《のぞ》んだとおり、使わずにいることで、あの力はすっかり弱くなってしまった、ということなのだろう。

そのおかげで、あの男のチェックをすりぬけることができた、ということらしい。

二ノ丸《にのまる》のいうことを、うたがうつもりはなかった。

あの黒ずくめのかっこうをした青ひげの男から感じた、〈ふつうじゃない感じ〉。

あれを知ってしまったら、《黒い制服《せいふく》の男たち》なんてただの都市伝説《としでんせつ》だ、デタラメだ、などとは、とても思えない。

だから、それはただのひとりごとだったのだ。

『もしオレが、いまもあの力を使うのをやめてなかったら、どんなところにつれてかれてたのかな……』

二ノ丸《にのまる》はいった。

『見にいってみますか？』

そうしていま、イクミは二ノ丸とともに、某施設《ぼうしせつ》をのぞき見ることができる場所に向かっているのだった。

丘《おか》をのぼりはじめたときにはまだ、西のほうの空がわずかに赤く染《そ》まっているだけだったのに、いまはもう、すっかりあたりが暗《くら》い。

「イクミくん」

呼《よ》ばれて顔をあげると、目の前に谷《たに》のようになっている場所が広がっていた。

広大なコンクリートの敷地《しきち》に、灰色《はいいろ》の建物《たてもの》が四棟《とう》。

イクミは、すすきを手で左右にはらいながら、さらにもう一歩前に出ようとした。

「気をつけてください。すぐそこがもう崖《がけ》になってますから」

いわれてはっとなる。

あわてて一歩うしろにさがってから、あらためて谷底《たにぞこ》のながめに目をやった。

「あれが、超能力《ちょうのうりょく》をもった子どもたちを集めてるっていう施設なのか？」

「はい。表向《おもてむ》きは、長期療養《りょうよう》が目的《もくてき》の小児病棟《しょうにびょうとう》ということになっているようです」

車が一台、敷地内《しきちない》に入ってきた。

黒一色で、大きい。あまり見かけないデザインの車だ。いまの時代の車ではなく、むかしのえらい人がのっていた車のように見えた。

建物《たてもの》の前で車はとまり、なかから人が出てくる。

「あ」

思わず、声が出た。

出てきたのが、黒ずくめのかっこうをした男たちだったからだ。

遠いので、顔は見えない。イクミとすれちがった、あの青ひげの男がそのなかにいるのかどうかはわからなかった。

風が吹《ふ》いて、前髪《まえがみ》が顔にかぶさってくる。

手で前髪をはらい、ふたたび視線《しせん》を谷底《たにぞこ》にもどしたときにはもう、男たちのすがたも、黒い車も、消えていた。

「……二ノ丸《にのまる》」

「はい」

「前にいってたよな、《黒い制服《せいふく》の男たち》は黒丸《くろまる》だって」

「いいました」

「あれって……」

「ええ、ホンモノだって意味です」

黒い制服の男たちは、本当にいた。

もしも二ノ丸《にのまる》の忠告《ちゅうこく》をきくことなく、あの力を使いつづけていたら——。

イクミは目を見ひらいて、谷底《たにぞこ》にある灰色《はいいろ》の建物《たてもの》を見つめつづけた。

見えないはずの窓《まど》が、見えたような気がした。角度的《かくどてき》に、この場所から窓は見えていない。

それでも見えた気がしたその窓の向こうには、うつろな顔をした自分がいた。

○●○

「もう一回やるからな、よーく見てろよ」

そういってゾノが、向かいあってすわっている今日太《きょうた》の顔をのぞきこんでくる。

今日太は、うん、とうなずいて、しっかりとゾノの手もとに視線《しせん》をさだめた。

ゾノが、まじめな顔をして机《つくえ》の上にひらいたノートに手をかざしはじめる。今日太も、負けないくらいまじめな顔で、ゾノの手もとを見つめつづけた。

一分ほどたっただろうか。ノートには、なんの変化《へんか》もおきていない。

「……ねえ、ゾノ」

ゾノは答えない。

ノートにかざした両手もそのままだ。

ゾノによると、めくるところまではいかないまでも、ひらいたページの一枚《まい》が、ゆらりと動くようにはなったという。

それをやってみせる、というので、昼休みのほとんどすべてを使ってつきあっているのだけど、いっこうに成功《せいこう》しない。

「ねえねえ、ゾノってば」

さらに今日太《きょうた》が呼《よ》びつづけると、とうとうゾノは、ぷはあっと盛大《せいだい》に息をはいた。どうやら呼吸《こきゅう》をとめていたらしい。

「もうっ、なんできょん太《た》はすぐ話しかけちゃうわけ？　あとちょっとってとこで話しかけんなよなー」

えー、オレのせいかよーと思いながらも、今日太は、にっこりと笑《わら》った。

ゾノの両肩《りょうかた》を、ぽんぽん、とやさしくたたく。

「確実《かくじつ》にできるようになったら、また呼《よ》んで」

ゾノの前の席《せき》の椅子《いす》をさかさまにしてすわっていた今日太は、椅子《いす》をもとの状態《じょうたい》にもどしてから自分の席へと向かった。

くっそー、昼休みがむだになっちゃったじゃーん、体育館でバスケしたかったのにさー、とひとりごとのボリュームでぶつぶついいながら自分《じぶん》の席に腰《こし》をおろすと、となりの席に着席《ちゃくせき》ずみだった二ノ丸《にのまる》くんが話しかけてきた。

「できるようになると思ってるんだ？」

思いがけないことをいわれたときにする顔をしながら、今日太は、ううん、と首を横にふった。

「オレは超能力《ちょうのうりょく》は信《しん》じてない派《は》だもん」

「だったらどうして、できるようになったらまた呼《よ》んでっていったりするの」

「いうでしょ、そりゃ。ゾノはできるようになると思ってるんだから」

二ノ丸《にのまる》くんは、考えこんでしまった。

今日太《きょうた》はそのあいだに、机《つくえ》のなかでぐちゃぐちゃになっていた教科書《きょうかしょ》とノートをまとめて引っぱりだすと、つぎの授業《じゅぎょう》に必要なものだけを残《のこ》して、残りはまた、ぐちゃっと机のなかにもどした。

「……きみって」

そういったきり、二ノ丸くんはつづきを口にしない。

今日太が顔を横に向けると、なぜだか二ノ丸くんは、ふいっとそっぽを向いてしまった。

あいかわらず、二ノ丸くんの言動は意味不明《いみふめい》だ。

そっぽを向いたまま、ぼそりと二ノ丸くんがなにかをいった。

あまりに小さな声だったので、なんといったのかはよくわからない。

いいたいことがあるなら、ちゃんとこっちを向いてからいえばいいのに、と思っている
と、二ノ丸《にのまる》くんの丸《まる》みを帯《お》びた後頭部《こうとうぶ》が、くるっと回転《かいてん》した。

今日太《きょうた》の顔をじっと見つめながら、怒《おこ》ったようにいう。

「べつに、ほめたわけじゃないから」

それだけいって、またそっぽを向いてしまう。

今日太にはなんのことだかさっぱりわからない。二ノ丸くんがぼそりといったことは、今日太の耳には届《とど》いていなかったのだから。

そっぽを向いた二ノ丸くんの耳が、ちょっと赤くなっているような気がした。

なにか恥《は》ずかしくなるようなことでもいったのだろうか。だとしても、どうせなにもきこえていないのだから、恥ずかしがることなんかないのに、と思う。

意味なく恥ずかしがっている二ノ丸くんが、今日太にはおもしろくてしょうがない。

「二ノ丸くんって、ホントおもしろいよね！」

今日太がそういうと、二ノ丸くんはやっと、そっぽを向くのをやめた。

「……それ、やめてくれないかな？」

「それって?」

「ぼくのことを、おもしろがるの」

「しょうがないじゃーん、おもしろいものはおもしろいんだから」

二ノ丸《にのまる》くんは、思いきりいやそうな顔をした。

そうそう、二ノ丸くんはこうでなくちゃ。

今日太《きょうた》はうれしくなって、えへへ、と笑《わら》った。

あきれたように、二ノ丸くんがいう。

「いやがられてるのに、どうしてうれしそうなんだ……」

心の底《そこ》から不思議《ふしぎ》がっているように見える。

そんな二ノ丸くんがまた、今日太のツボに入るのだった。

「よーし、みんないるかー?」

教壇側《きょうだんがわ》の戸がいきおいよくひらいて、ジャージすがたのほなちゃん先生が入ってきた。

二ノ丸くんはもう、きちんと前を向いている。いつだって二ノ丸くんは、授業中《じゅぎょうちゅう》はちゃんとしているのだ。

それなのに、なぜだか今日太《きょうた》は二ノ丸《にのまる》くんのことを、ただのまじめな優等生《ゆうとうせい》とは思えないでいる。

どうしてなのかは、今日太にもよくわからない。

わかっているのは、二ノ丸くんはちょっと変《か》わっている、ということだけ。

そう。今日太には、ちょっと変わった友だちがいる。

名前は二ノ丸くん。

ちょっと変わっているけれど、大好《だいす》きな友だちだ。

作　石川宏千花
（いしかわひろちか）
女子美術大学芸術学部卒業。『ユリエルとグレン』で講談社児童文学新人賞佳作を受賞。作品に『妖怪の弟はじめました』『墓守りのレオ』『密話』「超絶不運少女」シリーズ、「お面屋たまよし」シリーズ、「死神うどんカフェ１号店」シリーズなどがある。

絵　うぐいす祥子
（うぐいすさちこ）
漫画家。2003 年にデビュー。作品に『闇夜に遊ぶな子供たち』『フロイトシュテインの双子 』、ひよどり祥子名義の作品に『死人の声をきくがよい』などがある。

偕成社
ノベルフリーク

二ノ丸くんが調査中

2016年10月　1刷
2021年 2 月　3刷

作者＝石川宏千花
画家＝うぐいす祥子

発行者＝今村正樹
発行所＝株式会社 偕成社
http://www.kaiseisha.co.jp/
〒162-8450 東京都新宿区市谷砂土原町 3-5
TEL 03(3260)3221（販売）　03(3260)3229（編集）
印刷所＝中央精版印刷株式会社
　　　　小宮山印刷株式会社
製本所＝株式会社常川製本
NDC913 偕成社 188P. 19cm ISBN978-4-03-649030-1

本のご注文は電話、ファックス、またはEメールでお受けしています。
Tel: 03-3260-3221　Fax: 03-3260-3222　e-mail: sales@kaiseisha.co.jp
乱丁本・落丁本はお取りかえいたします。

てがるに　ほんかく読書

ノベルフリーク

［偕成社 ノベルフリーク］

二ノ丸くんが調査中
黒目だけの子ども

石川宏千花 作　うぐいす祥子 絵

ひとたび発動したら、人の力ではどうにもできない。そんな都市伝説を二ノ丸くんが調査する。「おたけさんのねがい」「透明人間の名札」「黒目だけの子ども」「まぼろしのプラネタリウム」の四話を収録。シリーズ第二弾。